C000005272

SES PARTENAIRES DE ROGUE

PROGRAMME DES ÉPOUSES
INTERSTELLAIRES ® : TOME 13

GRACE GOODWIN

BULLETIN FRANÇAISE

REJOIGNEZ MA LISTE DE CONTACTS POUR ÊTRE DANS LES
PREMIERS A CONNAÎTRE LES NOUVELLES SORTIES, OBTENIR
DES TARIFS PREFERENTIELS ET DES EXTRAITS

Cliquez ici

1

arper Barrett, Secteur 437, Dispensaire de la Station de Transport Zenith, Etoile Latiri

CHEVEUX NOIRS. Yeux verts perçants. L'homme qui me regardait depuis plusieurs minutes à l'autre bout de la salle ferait mouiller n'importe quelle femme.

Sauf que ce n'était pas un homme, mais un extraterrestre.

Et on n'était pas dans un bar en plein centre de Los Angeles, où j'avais grandi. On était sur la Station de Transport Zenith, la salle était remplie d'immenses guerriers extraterrestres aguerris mesurant tous au moins deux mètres, pour les plus petits d'entre eux.

Je me suis toujours sentie petite avec mon mètre quatre-vingts. Trop petite, trop blonde, trop jolie, trop féminine pour être prise au sérieux. Les hommes ne voyaient en moi qu'une blondasse aux gros seins et me prenaient par conséquent pour une écervelée. Mais cet extraterrestre ? Il s'approcha l'air fasciné sans respecter la fameuse distance de « politesse ». Il était très près, un peu trop à mon goût.

— J'ai jamais vu de cheveux de cette couleur, dit-il en mettant une boucle derrière mon oreille. C'est très joli.

Je ne pus m'empêcher de rire et le regardais en battant des cils, comme lors d'un vrai flirt. Ce n'était qu'un *simple* compliment, il n'y avait pas eu le moindre contact entre nous mais j'avais la gorge nouée.

C'était un truc de dingue. Ce mec était un vrai ouf, torride en diable. Il portait une armure noire intégrale inconnue. Certainement pas de la Coalition. Le brassard argenté à son bras ne me disait rien, il ne portait aucun grade ou insigne. Aucune marque indiquant qu'il faisait partie de la Coalition. Je connaissais toutes les races de la Flotte de la Coalition, les blessés étaient rapatriés via les plateformes de transport et soignés grâce aux baguettes ReGen, ils n'avaient qu'à lever la main s'ils se sentaient mourir. Mais ce mec ? Il était *différent,* les cellules de mon corps étaient en alerte maximale.

Pourquoi les autres guerriers l'évitaient ? Pourquoi le regardaient-ils d'un air méfiant ? Comme un tigre en cage ? Non, pas un tigre. Un serpent. Dangereux. Venimeux. J'avais déjà vu la plupart de ces guerriers à cran, prêts à en découdre. C'était exactement l'attitude qu'ils adoptaient à son égard.

Fascinant. Mais j'essayais de ne pas lui montrer ma réaction, ou de ne pas lui faire ressentir ce désir qui pulsait dans ma chatte, mes seins tendus, mon cœur qui battait la chamade. Ouf. Vous allez croire que j'avais pas couché depuis … un bail. Attendez un peu. Non. *J'avais jamais* fait l'amour tout compte fait, et mon corps ne demandait que ça en voyant ce mec aux épaules de Golgoth et au regard intense.

Sur le champ.

La serveuse était une grande Atlan mesurant au moins un mètre quatre-vingts avec des seins gros comme des obus et de magnifiques cheveux auburn. Elle était sublime et dévorait littéralement ce mec des yeux.

Malheureusement, j'avais exactement les mêmes vues qu'elle à son sujet.

Il lui sourit, elle lui offrit un verre. Sa main s'attarda sur le verre, leurs doigts s'effleurèrent, la proposition était plus qu'évidente.

Je lui aurais arraché les yeux.

Merde. Je me détournai et retournai à ma boisson, bien déterminée à retrouver mon sang-froid. Je ne pouvais pas le blâmer de désirer la serveuse. Ce serait également mon cas si j'étais portée sur les femmes.

Ce mec portait le mot *emmerdes* en majuscules sur son front. Et probablement bien d'autres. *Mauvais garçon. Sexy. Jouissif. Rebelle. Coureur de jupons.* Ouais. Un vrai coureur de jupons. Il avait dû coucher avec la moitié des femmes de la station.

Fais-ci, fais-ça. Mes ex sur Terre me trompaient. J'avais déjà donné, merci.

— Pourquoi tu me regardes de travers ?

Le timbre de sa voix grave me pénétra jusqu'à la moelle. Un frisson me parcourut, sa voix était semblable à une caresse. Mes tétons durcirent, je me fis violence pour respirer normalement. Dangereux ? Ah ! Je ferais mieux de me pencher sur mes compétences en matière d'évaluation des risques. Enrichir mon vocabulaire. Dangereux était un doux euphémisme.

— Je croyais que les Terriens avaient le monopole des techniques de drague à deux balles, répondis-je.

— Des techniques de drague ?

— T'as jamais vu de blonde ? Vraiment ? T'as pas autre chose à me sortir ?

— C'est la vérité. Il baissa doucement la tête, ses cheveux noirs tombant sur son front lui donnaient un air canaille.

J'avais dit qu'il me rappelait Joe Manganiello, le mec canon de *True Blood* ? Je supposais que ce mec n'était pas un vampire et n'avait pas l'intention de me mordre, il avait tout du héros taciturne et boudeur. Je levai mon verre de bière, ou du moins ce qui s'en rapprochait de plus dans l'espace, en direction de deux guerriers de Prillon Prime à l'autre bout de la pièce. L'un d'entre eux avait des yeux couleur miel et des cheveux roux foncé. Quant à l'autre ? Blond comme un lion. Un vrai blond. Ils étaient canons mais pas de quoi casser des briques. Pas comme ce mec.

— C'est quoi cette couleur ? lança-t-il en indiquant le guerrier blond.

Il s'approcha, les Prillons détournèrent leur regard.

— On dirait qu'ils sont brûlés, tannés par le soleil. Leur peau est épaisse et moche. Il leva la main vers ma queue de cheval laissant échapper des mèches rebelles. Tu es lumineuse. Douce. Fragile.

Je pouffai de rire. S'il savait. J'avais vingt-sept ans, pas dix-sept. J'avais été infirmière aux urgences pendant trois ans dans un grand hôpital avant de passer presque deux dans à bord de la Station de Transport Zenith, avant d'être envoyée sur le terrain pour recenser les blessés et gérer les urgences au sein du dispensaire de la Coalition. J'étais une secouriste de l'espace— sa réflexion, ça me trouait le cul. Moi pure ? Fragile ? Mon œil. J'essayais de garder mon calme et me détournai.

J'étais pas pure mais j'avais un cœur. Après avoir tiré mon ami, Henry, d'un amas d'éclaireurs de la Ruche, et regardé une dernière fois son regard jadis d'un brun chaleureux et rieur—désormais froid et vitreux—cet organe souffrait. J'avais besoin d'autre chose qu'une simple bière. Henry

Swanson était un Anglais originaire de Londres. Du 22ème bataillon des Forces Spéciales. Un vétéran aguerri. A l'accent marrant. Un super joueur de poker. Y'a deux jours encore, il fumait le cigare et avait foutu la dérouillée à mon commandant au poker.

Il y a cinq heures, j'avais retiré son cadavre enseveli sous une pile d'ennemis morts.

Il avait tout de même réussi à abattre cinq de ces enculés de la Ruche.

Ouais, j'avais grand besoin d'un autre verre pour soulager ma peine.

J'adressai un signe de tête à la serveuse Atlan.

— Je pourrais avoir un whisky, s'il vous plaît ?

Son regard s'adoucit, c'était une vraie beauté.

— Bien sûr, ma belle. Jack, Johnnie, Jim ou Glen ?

— Glen.

— Dure journée ? Elle bossait sur la station de transport mais elle savait pertinemment ce à quoi nous étions confrontés, elle avait conscience des horreurs que nous affrontions. Ces émotions persistaient avec le temps.

— Oui.

Elle hocha la tête et fit glisser un verre plein à ras bord de whisky de synthèse vers moi. , sorti tout droit du S-Gen, le générateur de matière qui nous approvisionnait en vêtements, nourriture et autres accessoires provenant des différentes planètes de la Coalition. La station de transport recevait du Jim Beam, Johnnie Walker, Jack Daniels et du Glenlivet, ainsi qu'un vaste choix de vodka, gin, bière, vin et tous les alcools imaginables venant de Terre. Ainsi que d'autres boissons dont je n'avais jamais entendu parler provenant d'autres planètes. Au lycée, je ne jurais que par la tequila, mais j'évitais en général les alcools forts en semaine.

Cependant, aujourd'hui n'était pas un jour ordinaire.

J'avais besoin d'oublier. Du moins jusqu'à ma prochaine mission de nettoyage.

Mon mystérieux extraterrestre canon me regardait descendre mon verre, je fermai les yeux et savourai la brûlure de l'alcool dans mon gosier, je reposai doucement le verre sur le comptoir comme s'il s'agissait d'un ami cher.

— Je vous en sers un autre ? demanda la serveuse.

— Non merci. Je risque de devoir y retourner.

On n'y retournait pas illico mais on devait être prêts à partir en cas d'urgence. Ce qui voulait dire que je pouvais pas me pinter au whisky et m'endormir dans mon lit comme j'aurais souhaité le faire. Je tripotais le bracelet à mon poignet, il était connecté au système d'alerte et à mes équipiers. D'un vert plus foncé que mon uniforme de médecin, le centre du bracelet émettait une fréquence lumineuse qui transmettait des ordres, des coordonnées, tout ce dont nous avions besoin lorsque nous étions au sol. Mais à l'instant T, la lumière colorée était d'un bleu très clair. Un bleu layette, semblable à une boule de coton. La couleur changeait selon le degré d'urgence. Rouge c'étaient les appels d'urgence, bleu pour une urgence relative, et noir quand il était inactif. On l'appelait le « temps mort », ce qui était très rare et appréciable.

Il n'y avait que trois équipes de secouristes sur Zenith, et on était tous extrêmement occupés.

— C'est quoi l'urgence relative ?

Il me dévisageait comme s'il assemblait les pièces d'un puzzle. Sans se décourager pour autant, il s'approcha de moi alors que je l'ignorais, comme s'il …

— Vous me reniflez ou quoi ? aboyai-je en reculant, nos regards se croisèrent, j'avais l'impression d'être une biche prise dans la lumière des phares. J'aurais dû me lever et partir loin, très loin. Pourquoi rester figée sur place, comme si je voulais voir ce qu'il allait me faire ? J'avais l'impression de danser face à un cobra, c'était fascinant.

— En général, j'ai pas besoin de parler à une femme pour coucher avec.

Ses yeux étaient d'un vert plus clair que les miens ; ma mère disait toujours qu'ils étaient émeraudes. Il dardait sur moi son regard intense presque hypnotique.

— C'est ça oui, et ben, continuez de la fermer.

Il sourit, ça avait l'air de l'amuser, il contemplait mon visage, ma bouche, mes cheveux, il se mit à les caresser. Je baissais involontairement la tête sous sa caresse chaude. Ses grosses mains me rappelaient notre différence de taille. J'étais grande mais il faisait une tête de plus que moi, si ce n'est plus. Il était immense. Certainement partout. Sa main glissa sur mon épaule, descendit jusqu'à ma main.

— Tu es une terrienne.

— Oui, confirmai-je, bien que sa remarque ne soit pas vraiment une question. T'as jamais vu de Terrienne ? Ma question puait le sarcasme à plein nez mais contre toute attente, il esquissa un grand sourire.

— Une seule fois.

Il n'épilogua pas et je ne posai pas de question. Je me fichais de qui ça pouvait bien être. C'était. Pas. Mes. Affaires. S'il s'agissait d'une femme, j'avais envie de lui arracher les yeux, ce qui était totalement stupide. Ce qu'il faisait, et avec qui, n'étaient pas mes oignons. Ça ne me regardait pas.

— C'est quoi cette odeur de sang ?

Il me renifla de nouveau, fronça les sourcils, il ne rigolait plus.

Je haussai les épaules. Je m'étais douchée et j'avais enfilé un uniforme tout propre mais aucun de mes coéquipiers n'avait fait soigner ses blessures. On s'en était sortis, on s'était débarbouillés de toute cette crasse qui puait la mort avant de foncer tout droit au bar. On avait l'habitude de perdre des effectifs mais la mort d'Henry était très dure à avaler. C'était un plaisantin de première, un comédien et un farceur qui se jouait de la mort et respirait la joie de vivre sur cette station spatiale isolée. Tous les humains de la station qui apprendraient sa mort viendraient noyer leur chagrin dans l'alcool. Ce bar serait bientôt bourré à craquer.

Je devrais peut-être boire un autre verre de whisky. Les chants graves et les toasts allaient durer des heures. Je soupirai et me massai les tempes. Je sentais la migraine arriver.

Les yeux de cet extraterrestre sexy se rétrécirent en voyant ma main—celle qu'il tenait—avec un pansement vert foncé.

— Vous êtes blessée.

Il prit ma main blessée, je me sentais toute petite. C'était très personnel, intime, je me sentais précieuse. Chouchoutée. Je rêvais d'une telle sensation. Il se permettait des libertés en gardant ma main dans la sienne, comme si je lui appartenais. Il défit l'étroit bandage.

— C'est trois fois rien, je vous assure. Un morceau de métal avait entaillé la paume de ma main. Je m'étais déjà fait bien plus mal en travaillant, et de loin.

Il tourna ma paume vers le haut, la prit dans la sienne, son doigt effleura doucement l'estafilade. Ça s'était arrêté de saigner avant que je ne rentre sur Zenith. Juste une éraflure. J'accueillais la douleur cuisante avec bonheur. Parfois, la douleur était tout ce qui me rappelait que j'étais encore en vie. J'avais pris le temps, une fois notre transport achevé, de m'assurer que le corps d'Henry était bien à la morgue et j'avais rejoint mon équipe.

En regardant par-dessus l'épaule du beau gosse, je vis notre second, Rovo, me contempler. Il était avec les autres,

mais son regard me fit m'arrêter net. Il détourna ses yeux
inquiets— cette expression était tout ce qu'il y avait de plus
normal pour Rovo lorsqu'il me voyait anxieuse— et jeta un
regard noir au dos de mon compagnon. Le beau gosse dut
s'apercevoir de mon manque d'attention soudain et adressa à
son tour à Rovo un regard qui en disait long. Ils se défièrent
une fraction de seconde, encore un truc de mâle alpha qui
m'échappait. Mais je n'avais pas de souci à me faire, j'étais
saine et sauve. Toute mon équipe était là, assis le long du
mur, ils mataient mes fesses, se chambraient, se détendaient
après notre retour de cette planète merdique et désolée.

On se battait pour des planètes stériles. Ça pouvait
sembler ridicule, pourtant ça tombait sous le sens. Personne
ne voulait d'une base de la Ruche dans ce système solaire.
Merde, dans cette galaxie même. Les troupes de la Coalition
se battaient bec et ongle. Ne pas céder de terrain. Eloigner la
Ruche.

L'espace ? La Terre ? Certaines choses ne changeaient pas,
surtout lorsque la lutte opposait le bien au mal. La guerre.

Il se tourna vers moi, sans calculer Rovo. Il tenait
toujours ma main. J'avais *vraiment* pas espéré ça quand j'étais
partie boire un verre au bar. J'étais censée être en compagnie
de mes coéquipiers à l'autre bout de la salle, mais non. Je
n'avais pas bougé depuis qu'il avait envahi mon espace
personnel. J'en avais pas envie. Leurs boutades ne
m'intéressaient même pas.

Mais ce mec ? Putain de merde. J'étais prête à faire ce qu'il
me demanderait, ce qu'il voudrait. Sur le champ.

Pourquoi ? Parce qu'il était bandant, super bandant
même. Scotchée ici, dans le Secteur 437, connu pour être le
trou du cul du monde, mon vagin était en train de devenir
aussi aride que le désert Trion à force d'être négligé. J'étais
pas contre un peu d'attention masculine.

Surtout venant de lui. Il me regardait comme s'il allait me dévorer toute crue. Ou me jeter sur son épaule et me sauter sur la première surface plane venue—à moins qu'un mur fasse aussi l'affaire pour une p'tite cartouche. Torride, sauvage, brutal. Un tantinet dangereux ? Peut-être bien.

Voilà ce dont j'avais besoin. Quelque chose d'intense, qui me fasse frémir, crier, *désirer*. Je ne voulais pas penser.

Je voulais ressentir.

2

H arper

SA CARESSE ÉTAIT comme une drogue, je reconnaissais bien là ce fourmillement familier qui parcourait tout mon corps. J'étais accro à l'adrénaline ? J'allais pas le nier. Mais depuis deux ans, ma drogue se résumait à partir et revenir entre deux missions pour la Coalition Interstellaire. Plus de deux-cent cinquante planètes, toute habitées. Avec des océans, des orages, des accidents. Sur Terre, j'étais infirmière urgentiste. J'avais vu de tout, des blessures par balle aux décapitations. Lorsque les extraterrestres avaient demandé des combattants et des épouses pour la Coalition, la Terre en faisait désormais partie, je m'étais portée volontaire. Mais pas en tant qu'épouse. C'était hors de question. J'étais pas une mère porteuse pour extraterrestres. Et j'allais pas me servir d'une arme, j'étais pas guerrière, mais secouriste. Je voulais bien avoir une petite aventure, sans avoir à me coltiner un mec dominateur ou partir au combat. Pour voir enfin ce qui se passait là-haut, dans l'espace, dans d'autres mondes. *Téléporte-moi, Scotty.*

Je m'étais donc portée volontaire, en leur expliquant ce que je voulais et avais atterri dans cette étrange équipe de secouristes version extraterrestre. La guerre avec la Ruche était sans fin. Littéralement. Ces races d'extraterrestres étaient en guerre avec la Ruche depuis des siècles. Mais ça ne signifiait pas pour autant qu'ils n'aient pas à affronter des urgences. Des catastrophes naturelles. Des attaques surprise. On était sur le terrain après chaque bataille dans ce secteur de la galaxie. Nous devions alors trier les blessés et les aider à survivre avec toutes les conséquences qui en découlaient.

Fuir la Ruche.

Coûte que coûte. C'était dangereux, mais je savais que je faisais quelque chose d'important. Quelque chose qui comptait et j'avais pas besoin de tuer pour ça. Mon équipe était composée d'humains, on suivait les unités de combat composées d'humains au sein de la Coalition, un peu comme les cheerleaders d'une équipe de foot. Ils combattaient et on arrivait juste après. On était là, collés comme des sangsues aux basques du Bataillon Karter. Lorsque les commandants avançaient, on restait derrière eux pour nettoyer tout le merdier. A supposer que la Coalition gagne. S'ils perdaient, nous n'avions alors plus rien à faire.

La Ruche ne laissait aucun blessé derrière elle, pour eux, mes frères et sœurs humains, bon sang, chaque guerrier de la Coalition qui se battait sur le terrain était un substrat dont tirer profit.

La majeure partie de mon équipe de secouristes MedRec nous traitait aux petits oignons. Bien évidemment, un médecin Prillon ou une infirmière Atlan se précipiteraient tout aussi bien pour aider un Terrien blessé mais voir un visage humain, ici, quand on était perdus au fin fond de l'espace, comptait énormément pour ces guerriers gravement blessés, mourants. Leur Terre chérie leur manquait plus que tout, ils redoutaient de mourir loin de chez eux, à l'autre bout de la galaxie.

Je vivais au sein de mon unité MedRec, sur Zenith avec le reste de mon équipe. Je m'étais rendue sur la majeure partie des planètes et connaissais plus de races d'extraterrestres que n'en comptait ce bar. Mais je n'avais encore jamais vu quelqu'un comme *lui*.

J'avais l'eau à la bouche, je mourrais d'envie de toucher sa barbe naissante tandis qu'il serrait ma main. J'ignorais depuis combien de temps j'étais plantée là, en train de réfléchir et de le regarder bouche bée mais il ne me quittait pas des yeux. J'avais complètement oublié Rovo. Ce très beau gosse extraterrestre n'avait d'yeux que pour moi. Pour cette petite égratignure dans la paume de ma main.

— Vous auriez dû la soigner avec une baguette ReGen.

Il n'attendit pas ma réponse, en sortit une de la poche de son pantalon, alluma la lumière bleue et l'agita sur ma paume.

J'étais dans l'espace depuis deux ans, j'avais utilisé cette baguette guérisseuse sur les blessés mais je n'avais pas l'habitude de l'employer. C'était—ainsi que le caisson de ReGénération infiniment complexe—tout bonnement miraculeux. En l'espace de quelques secondes, ma blessure cicatrisa, ma peau redevint rose, la blessure avait entièrement disparu. Ça me brûlait, et voilà qu'il n'y avait plus rien. Un truc de dingue.

— Merci, dis-je une fois la baguette éteinte.

C'était courtois et déplacé à la fois. Ça me faisait tout drôle de savoir que je m'en étais tirée sans la moindre blessure ni la moindre cicatrice, quand j'avais vu Henry dans son cercueil, pour entamer son dernier voyage sur Terre, j'avais eu les larmes aux yeux.

— Pourquoi ne pas vous être soignée ? demanda-t-il d'une voix coupante, je levai les yeux de nos mains jointes.

— C'était une simple égratignure.

Je haussai les épaules et le regardai droit dans les yeux. Impossible de détourner le regard. Je ne pouvais pas mentir. Je ne voulais pas, je déglutis et lui fis part de mes sentiments. Oui, de mes sentiments. Que je cachais très bien en général.

— J'avais besoin de whisky, me soigner était secondaire.

Il secoua lentement la tête tandis que son pouce caressait la peau désormais cicatrisée.

— Je suis content d'avoir pu m'occuper de vous.

Quel sérieux. Je prenais goût à ses attentions, la caresse me provoquait un frisson de bonheur. Je n'avais pas envie de retirer ma main de la sienne.

Merde alors. Autant appeler un chat un chat. J'étais dans la merde. Mais j'en avais envie. J'avais envie de lui.

Il était temps de penser à autre chose, de profiter de ma pause entre deux missions. Ça laissait peu de temps pour une passade avec un mystérieux extraterrestre inconnu, qui repartirait de toute façon dans quelques heures et que je ne verrais plus jamais. Une passade ? Non. Une baise rapide ? Pourquoi pas. Mais une chose était sûre, je n'avais pas envie de baiser comme une malade avec un étranger et d'entendre retentir l'alarme d'un départ en mission.

Arrête un peu avec cet orgasme, chéri. Je dois y aller ...

Je n'allais pas le planter là, pas lui. Mais j'avais vraiment envie d'avoir un orgasme—ou deux—et je savais qu'il en était tout à fait capable.

Il portait un uniforme qui n'appartenait à aucun secteur de la Coalition. Il était en noir de la tête aux pieds—même ses cheveux étaient d'un noir de jais. Il portait un large brassard argenté sur son biceps et rien d'autre. Seuls ses yeux apportaient une touche de couleur. Verts. Clairs, plus clairs que les miens, c'était étonnant puisque j'étais une vraie blonde nordique, avec un père irlandais, les ancêtres de ma mère étaient norvégiens. Je prenais des coups de soleil rien qu'en entendant le mot.

— Quelle chance.

Je lui décochai un sourire timide. J'étais pas une pro de la drague mais j'étais pas une vierge effarouchée non plus. On en resterait là une fois notre petite affaire terminée. Je ne le reverrais plus jamais dès lors qu'on me rappellerait en mission. Alors pourquoi pas ? Pour le moment, tout ce qui comptait, c'était prendre du bon temps, j'étais une femme—même dans mon uniforme unisexe tout simple—et lui un homme très viril.

Il tourna sa main, nos doigts s'entrelacèrent.

— T'as d'autres blessures ailleurs ?

— Non.

Monsieur Sexy ne lâchait pas ma main. C'était le plus beau spécimen de mec que j'aie vu de toute ma vie. Et dieu sait que j'en avais vu. Los Angeles regorgeait de beaux gosses, acteurs, mannequins, surfeurs et musiciens. Je venais du paradis des seins siliconés, du Botox et des implants fessiers où tout n'était qu'artifice, où tout le monde était beau.

Mais personne ne lui arrivait à la cheville.

Les deux années écoulées avaient été épuisantes mais ça en avait valu la peine. La majeure partie des gens finissaient par craquer. J'en étais pas encore là mais *je* flirtais grave avec un extraterrestre inconnu, je devais émettre des signes de stress d'une manière ou d'une autre.

Le sexe était un bon anti-stress. Surtout avec ce sosie extraterrestre de Joe Manganiello qui me procurerait assurément des tas d'orgasmes. Je pourrais ensuite repartir en mission, douce et détendue comme une guimauve.

Il me scrutait de la tête aux pieds, mes tétons pointaient sous mon uniforme vert vif. Le vert était la couleur des équipes médicales de la Coalition. Les uniformes des médecins étaient vert sapin, je portais la version plus claire, émeraude. La couleur faisait ressortir mes yeux, paraît-il. Une bande noire était apposée sur la poitrine, ce qui, pour une femme telle que moi, faisait d'autant plus ressortir la courbe de mes seins. J'étais sûre qu'il paraîtrait encore plus large de poitrine s'il portait du vert. C'était tout à fait possible, il était bâti comme un tank.

Il pencha la tête de biais et s'approchant plus près, inspira profondément.

— Je sens l'odeur du sang. Je ne sais pas trop si je dois te croire. Si tu étais ma femme, je te foutrais à poil et inspecterais ton corps sous les moindres coutures afin de m'assurer que tu sois en parfaite santé.

Il me fit sourire.

— Tu ne me crois pas ?

— Si tu mens concernant un sujet aussi important que ton état de santé, tu en assumeras les conséquences.

— Les conséquences ? Mon cœur s'arrêta une fraction de seconde. Je le regardai les yeux ronds, attendant qu'il s'explique. Je me léchai subitement les lèvres, elles étaient devenues sèches.

— Punition, dit-il en suivant mon geste des yeux.

Je restai bouche bée. J'aurais dû avoir peur. Un étranger. Un étranger *extraterrestre* arborant un uniforme d'une planète inconnue, me menaçait. Il devait lire dans mes pensées puisqu'il crut bon d'ajouter :

— Je ne fais pas de *mal* aux femmes. Je les protège d'elles-mêmes paraît-il. Une bonne fessée histoire de te rappeler que tu n'auras pas de secrets pour moi, que ton corps m'appartient, que j'en prendrai soin, le vénèrerai.

Il avait bien prononcé le mot *fessée* ? Sa grosse main chaude sur mon cul nu ? Pourquoi ça m'excitait à ce point ? Je ré-humectai mes lèvres.

— Tu veux t'occuper de moi ?

Son regard s'assombrit. Nos doigts toujours entrelacés, il passa sa main autour de ma taille et m'attira contre lui.

— Ce que je vais te faire … Il frémit et se pencha, je sentis sa respiration dans mon cou tandis que son nez effleurait la courbe de mon oreille. Nous n'étions pas seuls ; le bar était à moitié plein mais j'avais l'impression d'être dans une bulle. Une bulle dans laquelle je ne voyais que lui. Seule sa voix grave me parvenait.

— Découvrir tes courbes épanouies. Explorer les zones qui te feront gémir, frémir de désir. Je goûterai à ta peau, ta chatte. Et ce n'est qu'un début. Je te ferai jouir avec ma bouche.

Dire que la température de la pièce avait monté en flèche aurait été un euphémisme. Mon uniforme me gênait, il devenait trop épais. Je voulais sentir sa main sur mon dos nu, descendre, attraper mon—

— T'as envie de savoir ce que je ferai de mes doigts ? Il recula et baissa la tête pour me regarder droit dans les yeux. Ou avec ma bite ?

Je déglutis péniblement. Je salivais à l'évocation de sa queue.

— Waouh, t'es vachement doué. Je ne reconnaissais pas ma voix haletante. Désolée, je pensais que tu plaisantais.

— Moi, plaisanter ? demanda-t-il en reculant et m'éloignant du bar.

Je tenais toujours sa main, il m'entraîna dans le couloir. Je le laissai faire et abandonnai ma bière. Le couloir était étroit, avec une porte au fond, un fléchage blanc indiquait une sortie de secours.

— Tu sautes sur toutes les femmes, toi.

D'un brusque geste de poignet, il me plaqua contre le mur. Je sentis son corps vigoureux contre moi et poussai un gémissement. Il maintenait doucement mais fermement mes mains au-dessus de ma tête. Il se pencha sur moi, je me sentais totalement enveloppée dans un cocon de chaleur. De sa main libre, il effleura la courbe de ma hanche, sa caresse me procura une sorte de décharge électrique. Je ne fis pas mine de m'esquiver. Je n'en avais pas envie. C'était bon, vraiment trop bon.

— Je présume qu'il s'agit d'une phrase en usage sur Terre. Si je voulais vraiment te sauter dessus, tu serais sur mon épaule à l'heure où je te parle.

— Tu m'emmènes ici, juste nous deux, sans personne, sans même savoir comment je m'appelle.

Je regardais ses lèvres ? Oui. Oui, je regardais ses lèvres. Et j'avais envie de savoir quel effet ça ferait de les avoir sur les miennes, quel goût il avait. Je levai les yeux vers lui, il me regarda attentivement.

Il me scrutait, matait ma bouche, mon cou, mes seins.

— Tu veux savoir comment je m'appelle avant qu'on s'embrasse ?

Je commençais à mouiller. J'avais du mal à garder mon sang-froid.

— J'aimerais bien savoir comment tu t'appelles. Savoir d'où tu viens aussi.

Il me tira de nouveau les cheveux, j'avais les jambes molles.

— Je m'appelle Styx. Je fais partie de la légion de Styx sur Rogue 5.

Je fronçai des sourcils, quel drôle de nom.

— Tu as une planète à ton nom ?

Son doigt descendit le long de mon cou et caressa mon épaule sans me quitter des yeux.

— Rogue 5 est une base lunaire. Je dirige la légion Styx, qui porte mon nom.

— J'ai jamais entendu parler de Rogue 5, avouai-je en penchant la tête sur le côté pour permettre un meilleur accès à mon cou.

— Elle ne fait pas partie de la Coalition.

Ça je le savais.

— Qu'est-ce que tu fais ici, alors ?

— Je suis ici pour affaires, avec un associé. La façon dont il prononça *je suis ici pour affaires, avec un associé* me fit penser à un épisode des *Sopranos*. Exactement ça, *Salut, je suis ici pour affaires …*

— Ils sont tous aussi sauvages que toi sur ta planète ?

Il me sourit de ses dents bien droites et blanches.

— Tu me trouves sauvage ?

Il bougea sa jambe de façon à ce que son genou se niche entre les miens, je chevauchais quasiment sa cuisse.

Ma bouche était entrouverte, il se pencha et en profita pour poser son doigt sur ma lèvre inférieure. Sa main était calleuse, même s'il n'exerçait qu'une infime pression, en frottant son doigt, cela m'excitait délicieusement.

— Dis-moi comment tu t'appelles. Ce n'était pas une demande, c'était un ordre émanant d'un mâle alpha.

Je n'étais pas du genre à donner mon nom au premier venu, je me penchai, pris le bout de son doigt dans ma bouche et le suçai. Une fois, deux fois, je mordillai son doigt avec mes dents avant de le relâcher. Juste une petite morsure de rien du tout, pour qu'il sache que je n'étais pas une fille facile.

— Harper. Harper Barrett de Californie. Sur Terre.

Super, je devais vraiment passer pour une idiote. Mais ça n'avait pas l'air de le gêner. Ses pupilles étaient si dilatées que ses yeux semblaient presque noirs, une veine saillait dans son cou.

— Je vais te goûter sur le champ, Harper.

Oh. Ok.

Je m'attendais à quelque chose de doux mais il dévora ma bouche avec une faim qui me coupât tous mes moyens. Je ne savais plus quoi dire, non pas que je veuille lui dire quoi que ce soit d'ailleurs. J'avais dragué, excité et donné envie à un homme sauvage et solitaire. Qui ne faisait pas partie de la Coalition, n'obéissait pas à ses règles ni n'en subissait les conséquences. Vu sa façon d'embrasser, ses manières débridées et ses intentions, je me doutais bien qu'il ferait comme bon lui semblerait.

J'adorais ça, tout comme mes tétons, mon clitoris et ma chatte qui palpitaient. Oui. Je l'imaginais en train de me déshabiller, de me pénétrer avec sa grosse bite, de me tringler sauvagement : mon dos serait tout éraflé contre le mur. Il s'était montré assez galant homme pour ne pas me dévoiler ses intentions, afin que je puisse refuser si tel était mon désir. Ce qui n'était pas le cas. J'avais envie qu'il continue et qu'il ne s'arrête jamais.

— Il manque quelque chose ici.

La voix venait de ma gauche, je me raidis, nous n'étions pas seuls. Styx ne bougea pas d'un pouce. Il continuait d'explorer ma bouche avec une ferveur que je n'avais jamais vécue auparavant. C'était comme si on m'avait renversé le fameux seau d'eau glacée sur la figure.

Je m'écartai légèrement.

— Styx, murmurai-je, le souffle court.

— Hmm ? demanda-t-il en me mordillant la mâchoire.

Je tournai la tête pour regarder de côté, Styx en profita, il posa sa bouche sur mon cou afin que je puisse me tourner en direction de mon visiteur. Un homme très grand et très séduisant nous observait. Il était aussi gigantesque que Styx et portait le même uniforme. Le même brassard argenté. Styx était brun aux cheveux courts, l'homme avait les cheveux longs, lisses et argentés. Pas gris ou blonds, la couleur ne s'apparentait à rien de connu. Son visage était la perfection incarnée avec des yeux gris clair. On aurait dit un dieu guerrier tout droit sorti de Donjons et Dragons. Il semblait irréel.

Il me toisa de la tête aux pieds, remarqua la main de Styx bloquant mes poignets au-dessus de ma tête et se fendit d'un large sourire espiègle.

Je me tordis les poignets en signe de protestation et me tins parfaitement immobile dans les bras de Styx. La plaisanterie était terminée.

— Styx, répétai-je.

Il ne tourna pas la tête, continua de m'embrasser et de me lécher, mordilla ma mâchoire, mon oreille et mon cou.

— Je te présente Blade.

Bizarre comme présentation, ils se connaissaient bien apparemment, assez du moins pour se sentir à l'aise avec une femme pour deux.

— C'est … hum, ravie de faire ta connaissance, dis-je, bien que pas franchement persuadée que ce soit le cas. Je me débattis plus ardemment, Styx finit par relever la tête en soupirant.

— Ne t'interromps pas pour moi, dit Blade en approchant. Je vais me joindre à vous.

Il posa une main sur ma joue, Styx s'était montré tendre, admiratif, sa caresse allait aux tréfonds de mon âme. Je me sentis soudainement très … impliquée.

— Hum—

— Je t'ai dit que Blade et moi aimions bien partager la même femme ? demanda Styx.

— Partager ? criai-je, mon cœur battait si fort que je crus qu'il allait bondir hors de ma poitrine. Je les contemplais tous deux, ils étaient aussi différents que le jour et la nuit. Le sel et le poivre. Torrides et … canons. Oh. Mon. Dieu.

— Deux fois plus de plaisir pour toi. La promesse tranquille de Blade fendit l'air avec l'acuité d'une lame de rasoir.

— On te possèdera à deux.

Il se pencha, fit courir son nez le long de ma joue et me renifla, comme Styx l'avait fait précédemment.

— Notre morsure va te rendre plus sensible, plus sauvage, la moindre de nos caresses te fera jouir. Sans relâche. Inlassablement.

Ses mots crus me faisaient frissonner, son murmure torride s'insinuait dans mon esprit comme une drogue. J'étais accro, mon corps était bien déterminé à profiter de la situation, même si mon esprit me disait le contraire. J'essayais d'y voir clair.

Deux mecs. *En même temps.* L'idée ne m'effrayait étonnamment pas plus que ça. Mais m'accoupler avec un mec. Un futur mari ? Pour toujours ? Je connaissais trop les autres guerriers extraterrestres, les Prillons et les Atlans et tous les autres mâles alpha super-possessifs, j'avais conscience des risques.

— Une partenaire ? demandai-je. Non, je ne serai pas votre partenaire. Je ne suis la partenaire de personne.

Ils étaient dingues ou quoi ? Je voulais une simple partie de jambes en l'air. Prendre du bon temps. Un peu de plaisir avant de devoir replonger dans les tripes et le sang des champs de bataille. Je songeais au terme de *partenaire* lorsque mon cerveau commença à discerner ce que mon esprit embrumé tout dévolu au sexe avait cru saisir.

— Attends. Mordre ? T'as bien dit *mordre* ?

Je clignai les yeux, totalement perplexe, je regardai Blade qui souriait de toutes ses dents. Je pensais avoir tout vu, depuis le temps que j'étais dans l'espace. Mais là ? Je n'aurais jamais imaginé voir des crocs.

Oui, c'était exactement ça : des crocs.

3

tyx

Notre partenaire était stupéfaite par les caresses de Blade, il embrassait sa peau, son cou, mais elle ne quittait pas mes bras. Lorsqu'elle était entrée dans le bar, j'avais eu le souffle coupé, comme si j'avais reçu un coup de poing dans le ventre, j'avais eu une érection. Et maintenant ? Je ne pouvais plus la lâcher. J'avais envie de la voir comme ça, les bras au-dessus de la tête, son corps offert, confiant, exposé, vulnérable.

Elle ne pouvait comprendre cette connexion subite. J'en avais conscience mais pas les Terriennes. Surtout celles qui ne provenaient pas du Programme des Epouses. Je ne connaissais qu'une seule Terrienne. Katie. Elle était belle et sauvage, comme Harper. Mais elle ne me procurait pas une telle envie sauvage. Elle m'attirait seulement. Elle appartenait à un autre homme, un Chasseur Everien prêt à tuer plutôt que la perdre.

Avec Harper dans mes bras, je comprenais qu'il fallait à la fois savoir posséder et protéger. Harper nous appartenait à Blade et moi. Ça ne faisait aucun doute. Elle était à moi, je tuerais quiconque essaierait de me l'enlever ou de lui faire du mal.

Elle était faite pour moi et me donnait instinctivement ce dont j'avais besoin. La confiance. La passion. Ses cheveux blonds resplendissaient tel un phare, ses yeux verts étaient si expressifs que je pouvais lire dans son âme. Je lisais en elle à livre ouvert. Son désir, sa crainte. Elle ne cachait rien, et la part animale qui sommeillait en moi avait déjà pris sa décision.

A moi.

Il n'y aurait aucune lutte. Aucune résistance. Je n'avais pas envie de résister, c'est elle que je voulais. Sa chatte toute chaude et accueillante pendant que je la pénétrerais. Je voulais entendre ses cris gutturaux de plaisir pendant qu'on la pousserait dans ses retranchements, qu'on la ferait jouir inlassablement jusqu'à ce qu'elle perde son sang-froid. Je voulais l'entendre prononcer mon nom, non pas comme elle venait de le faire, mais avec du désir. De l'affection. De la tendresse. Je savais que je ne me lasserais jamais de ses lèvres, du goût du whisky terrien sur sa langue. Je m'arrangerais avec quelqu'un chargé de la programmation du S-Gen pour m'assurer qu'elle ne manque pas de cette boisson.

Je voyais son esprit turbiner à toute allure, calculant et essayant de comprendre où nous voulions en venir, ce que nous allions faire. Elle m'avait suivi de son plein gré dans le couloir, sans réellement comprendre que son désir était aussi le mien. Je voyais ses doutes. Elle nous prenait pour des fous —elle l'était peut-être un peu elle aussi—à faire des promesses qu'elle s'était persuadée qu'on n'avait aucune intention de respecter.

Elle se trompait.

— Tu m'appartiens, Harper. Je levai mon genou en haut de ses cuisses tandis que Blade l'embrassait, une main sur son sein, l'autre pétrissant ses fesses rebondies.

Son petit gémissement me fit bander douloureusement tandis que je contemplais Blade qui découvrait son goût. Elle lui rendit son baiser, toute résistance complètement envolée. Ses poignets étaient si fins et délicats, je les tenais comme s'il s'agissait d'un oisillon, j'avais peur de la casser, mon esprit calculait à chaque seconde toutes les options possibles.

Blade la dévorait, sa faim le consumait, tout comme la mienne, depuis l'instant où j'avais senti son odeur. Elle frissonnait, fusionnait, se soumettait, je sus que j'avais pris la bonne décision lorsque Blade proposa de lui donner ce qu'on n'avait jamais donné à personne—notre morsure. Notre protection.

Pour toujours.

Elle faisait partie de la Coalition. Son uniforme. Son pistolet laser sur sa hanche. La tenue standard des équipes de secouristes, les équipes de techniciens médicaux et de sauveteurs qui surgissaient après la bataille pour aider les guerriers qui pouvaient être sauvés. Je m'étais rendu bien souvent sur ces champs de bataille, non pas pour sauver des vies, mais pour voler des armes. De la technologie. Des objets que ma légion revendrait au marché noir. Nous évitions scrupuleusement de croiser la route de ces anges guérisseurs. Nous n'étions pas là pour nous battre ou sauver de vies. Nous étions là par nécessité.

Selon les règles de la Coalition, mon peuple était considéré comme des criminels. Des parias. Zenith était la plaque tournante d'activités civiles et militaires, dirigée par la Coalition, mais non une base militaire. Cet endroit symbolisait une zone floue à mi-chemin entre un monde utopique et la réalité. La réalité pure et dure.

Mon univers.

Blade la souleva doucement afin que son clitoris frotte inlassablement contre ma cuisse musclée, elle ondulait des hanches alors qu'il la maintenait en place en empoignant fermement ses fesses. Elle poussa un cri, recula sa bouche tandis qu'il continuait de jouer avec ses seins de sa main libre, l'un après l'autre.

Elle tremblait littéralement, sa peau claire se marbrait de rose, ses lèvres gonflées étaient rouges et offertes. J'avais hâte de les voir se plaquer sur ma verge pendant que je baiserais cette jolie bouche, que je m'emparerais de son corps.

— Attends, souffla-t-elle.

Blade et moi nous immobilisâmes, nous regardâmes notre partenaire, attendant qu'elle continue.

— Attends. Stop. Je—c'est dingue.

Elle était sous le choc, ça se voyait clairement. Elle était peut-être effrayée par sa propre réaction disproportionnée.

— Y'a pas de mal à vouloir ce qu'on est prêts à te donner. Toutes les femmes de notre planète donneraient cher pour avoir ce qu'on peut te donner.

— Toutes les femmes, hein ?

Elle réfléchit et détourna le regard.

— Je ne suis pas votre partenaire les gars. Je voulais juste prendre du bon temps.

Elle me regarda, ainsi que Blade.

— Mais vous êtes vachement canons tous les deux. On pourrait s'amuser un peu mais on en restera là.

— Pourquoi ?

Bizarre. Elle s'était montrée immédiatement attirée et m'avait suivi dans le couloir pour avoir un minimum d'intimité. Elle avait même dit qu'on l'intéressait tous les deux. Elle avait changé d'avis ? On l'avait peut-être affolée en lui parlant d'une relation à long terme ? Je ne pouvais pas lui mentir. J'avais bien intention de la garder, et elle devait l'accepter le plus rapidement possible. Elle m'appartenait.

— Pourquoi ? Parce que je ne recherche pas de partenaire.

Elle plongea son regard dans le mien, je lus la confusion dans ses yeux, dans son regard anxieux tandis qu'elle jetait un œil en direction de Blade.

— Ni deux, d'ailleurs.

Je la regardai d'un air perplexe, je me demandai pourquoi elle s'imposait une telle torture en résistant. Elle était à deux doigts de jouir—rien qu'en chevauchant ma cuisse. Pourquoi s'arrêter en si bon chemin ? Pourquoi se refusait-elle ce plaisir ? Je voulais la voir jouir, voir le plaisir dans ses yeux et la voir perdre tout contrôle. Je savais pourquoi elle pouvait perdre son sang-froid. Je voulais qu'elle me fasse confiance pour justement perdre son sang-froid, donner libre cours à son côté intime, secret, passionné.

— Tu as peur, dis-je en la regardant attentivement.

Je ne la partagerai avec personne d'autre que Blade. Blade était comme un frère pour moi. Je ne faisais confiance à personne d'autre pour veiller sur elle.

— Tu as peur d'avoir deux amants ?

— Hum, non. J'ai —peu importe. Ne parlons pas du passé.

Elle rougit comme une pivoine, son cou et son visage se parèrent d'un rose pour le moins étrange. Elle était gênée ?

— T'as déjà couché avec deux amants ? demandai-je.

Elle hocha la tête, je souris douloureusement.

— Bien. De quoi tu as peur, alors ?

— On ne te fera aucun mal, lança Blade, en s'approchant encore plus près, ses lèvres effleurèrent sa joue.

— On prendra soin de toi. On te protégera. On te cajolera.

Elle secoua la tête et s'agita.

— Tu as encore peur ? De nous ? demanda Blade.

Harper secoua la tête.

— Non. Pas de vous. Mais de vos crocs ? Vous allez me mordre ? Oh oui, ça me fait peur.

Elle tira pour essayer de dégager ses poignets mais je refusai de lâcher prise. Pas maintenant, maintenant qu'elle avait découvert comment on comptait s'accoupler. Tout aurait été beaucoup plus simple si on avait trouvé notre femme sur Rogue 5, mais ça n'avait pas été le cas. Nous venions de trouver une femme qui ne nous connaissait pas, qui ignorerait tout de ce besoin que nous avions de mordre notre partenaire pour y imprimer notre marque pendant l'accouplement. La marquer entre le cou et l'épaule. C'était d'autant plus intimidant sachant que Blade et moi la posséderions ensemble.

Les Hyperions ne se partageaient pas tous la même épouse. Il n'existait aucune loi en la matière. Bon sang, y'avait pas vraiment de règles sur Rogue 5. Chacun agissait selon ses propres règles, des règles qu'il fallait ensuite respecter.

Des règles que j'édictais.

Des règles que je souhaitais rompre. Pour elle.

Blade la respira, il ferma les yeux et savoura son plaisir sans qu'elle ne le voie en train de s'imprégner de son odeur. De la mémoriser, comme je l'avais également fait.

— On ne va pas te mordre ici. Maintenant. Pas dans le couloir sombre d'un restaurant.

— La partie « vampire » attendra donc. Oh, super, ça va vachement mieux. Ça ne pose plus *aucun* problème.

Ça sentait le sarcasme à plein nez. Mais c'était quoi, d'ailleurs, un vampire ?

— Tu n'as rien à craindre de l'accouplement. Tu verras, tu nous supplieras de planter nos canines dans ton cou, murmura Blade dans ses cheveux, elle frissonna, les yeux fermés, son frisson parcourut son corps et le mien. Oui. Elle nous désirait. Elle avait besoin de nous. Elle avait besoin de ça.

Elle soupira.

— Je retournerai sur Terre quand j'aurais terminé ma mission chez les MedRec. Vous vous trompez de cible avec vos trucs d'accouplement et de morsure.

— C'est pas de nos canines que tu as peur, mais de toi-même, répondis-je.

Elle ouvrit subitement les yeux et me regarda sans ciller. Oui, je détectais une once de vulnérabilité, sa surprise, la vérité se frayait peu à peu un chemin dans son esprit. Elle le cachait bien, nos canines étaient le prétexte masquant sa réelle préoccupation. Elle redoutait peut-être la morsure, mais encore plus l'attirance qu'elle éprouvait pour nous.

— Tu as peur de jouir ? demanda Blade.

Elle me regarda avec agacement, je savais que j'avais vu juste.

— Elle a peur de jouir … pour nous.

Elle ferma les yeux et poussa un léger soupir. Oui, mes paroles avaient fait mouche.

— T'as peur de réagir trop rapidement ? De trop nous désirer ? De plus pouvoir t'arrêter ?

Elle se fendit d'un petit rire.

— Parfait. On parle plus de toute cette histoire de canines. Comment ça se fait que je sois aussi attirée, aussi excitée par un extraterrestre que je viens à peine de rencontrer dans un bar ? Et par son ami ? Oui, ça m'effraie un peu, je l'avoue. C'est complètement dingue.

— Tu ne nous connais pas … encore.

Elle ondula des hanches.

— Je sais. C'est juste…

Blade effleura l'extérieur de son bras.

— On est torrides ?

Elle hocha la tête, toujours appuyée contre le mur.

— Vous êtes deux. Je, hum… pensais juste prendre du bon temps avant de repartir en mission mais là ? Vous êtes vraiment trop … torrides.

C'était à mon tour de sourire, j'étais content d'entendre son ressenti … cette connexion si soudaine et néanmoins si profonde. Je regardais Blade, nul besoin de parler, il la ressentait également.

— Tu as besoin de jouir, dis-je en constatant le désir, l'envie, dans les moindres courbes de son corps, dans sa respiration même.

Elle acquiesça.

— On ne va pas te baiser ici. Je préfère faire ça dans un lit. Dans l'intimité.

— Et nue, ajouta Blade. Il ne la quittait pas des yeux, tout en la découvrant de sa main.

— Oui, aussi. Et, tu es en manque, laisse tes partenaires te donner ce dont tu as besoin.

— Vous n'êtes pas mes partenaires, répliqua-t-elle, en s'agitant.

Je soupirai intérieurement. Elle ne venait pas d'Hyperion ni des lunes lointaines de Rogue 5. C'était une Terrienne. Katie portait une marque laissant deviner ses origines everienne, Karper était une vraie Terrienne et ne ressentait pas ce besoin viscéral de prendre un partenaire. Ou deux. Continuer à parler de cette histoire de partenaires ne nous mènerait à rien. Je me trompais lourdement, surtout si j'avais l'intention de voir son visage pendant qu'elle prendrait son plaisir. On allait lui donner ce dont elle avait besoin pour le moment, on résoudrait le problème du « partenaire » et de la morsure ultérieurement. Il ne faisait nul doute qu'elle remettrait ça sur le tapis mais si elle était déjà aussi réactive dans le couloir, elle n'aurait plus peur une fois qu'on l'aurait pénétrée. Elle sera complètement folle de désir.

— Tu jouiras, dis-je en baissant la voix d'un ton impérieux, et plus du tout interrogateur.

Elle ferait selon mon désir.

Son regard avait été jusqu'à présent apeuré et pas assez concentré sur ce que nous étions en train de faire. Elle paniquait. Mais à mes mots, son regard se posa sur le mien, ses pupilles étaient si dilatées que le vert de ses yeux disparaissait presque intégralement. Elle se concentrait sur moi.

— Regarde-moi, ordonnai-je.

Elle soutint mon regard.

Je baissai ses bras et me tournai afin de m'adosser au mur, je la fis pivoter et l'attirai face à moi, son dos se pressa contre ma poitrine.

Blade regardait en souriant, il avait compris et attendait patiemment ce que j'étais sur le point de lui offrir.

La jolie chatte toute douce et humide de notre partenaire.

— Qu'est-ce que tu...

Ma partenaire n'eut pas le temps de poser la question puisque je fourrai ma main dans ses cheveux à la base de son cou et orientai son menton afin que nos lèvres se touchent presque. Elle était dans une position vulnérable. Offerte aux attentions de Blade.

J'effleurai ses lèvres avec les miennes et chuchotai :

— Blade va baisser ton pantalon et te goûter, Harper. Il va sucer ton clitoris avec sa bouche et te faire hurler de désir.

Harper haletait, ses pupilles se dilataient de désir tandis que je tirais sur ses cheveux. La légère douleur lui arracha un cri, son cœur battait à une vitesse incroyable dans sa poitrine, elle était dans tous ses états.

— T'as envie de jouir ? demandai-je.

Blade posa ses mains sur ses hanches, au niveau de sa taille, et attendit sa réponse.

Un frémissement la parcourut, mais elle soutint mon regard sans sourciller.

— Oui.

Mes lèvres effleuraient à peine les siennes, je la maintins en place tandis que Blade défaisait la ceinture de son pantalon et le baissait pour que sa chatte soit bien en vue. Je ne voyais rien contrairement à Blade, mais j'aperçus sa mâchoire se contracter de désir. Il se lécha les lèvres comme s'il salivait déjà à l'idée de son goût. Nous étions tous les deux à cran, à l'affût d'une compagnie indésirable, mais je connaissais cette station et la majorité des personnes à bord. Personne n'oserait nous interrompre, à moins que ses curieux de coéquipiers ne partent à sa recherche.

Blade s'agenouilla devant notre partenaire, toujours debout, jambes légèrement écartées, quoique pas assez. Elle ne s'était pas lâchée complètement, pas encore, elle se raccrochait encore un minimum pour essayer de garder son sang-froid.

— Ecarte les jambes, Harper, ordonnai-je.

Blade secoua la tête.

— C'est pas assez. Je veux qu'elle écarte les jambes en grand pour moi.

Il retira l'une de ses bottes, la jeta de côté et baissa les jambes de son pantalon. Il posa une main derrière son genou dénudé qu'il plaça par-dessus son épaule afin qu'elle soit bien ouverte et en vue. C'était parfait.

— Ne bouge pas avant que Blade ne t'en donne la permission. Compris ?

Elle déglutit péniblement et se calma, nous accordant ce pour quoi nous étions là. Ce simple geste équivalait à de la soumission. A une marque de confiance. C'était touchant. Je la soutenais de tout son poids afin qu'elle garde les jambes bien écartées et que sa chatte reste bien accessible. Ouverte et béante pour la bouche de Blade.

Je reculai à peine et aperçus ses joues rouges, j'entendis sa respiration changer de rythme.

Blade fit glisser ses mains le long de ses cuisses jusqu'à sa vulve et en écarta les lèvres, son corps se contractait d'un désir difficilement contrôlable. Il s'approcha, sa langue glissa le long de sa fente une première fois, un frémissement parcourut le corps d'Harper.

— Elle brûle de désir, elle mouille pour nous, Styx. Elle dégouline.

Il attendait mon ordre, il savait que je le torturerais s'il la touchait avant que je ne lui en donne la permission, ils devaient tous les deux attendre. Harper était à moi. Blade était à moi. Leur plaisir m'appartenait. Ce besoin de les contrôler était un pur instinct animal, je n'y résistais pas lorsque j'étais au combat ou lorsque je tenais une femme consentante sous ma coupe. Le fait qu'Harper soit ma femme ne faisait que renforcer mon besoin de domination.

Blade la tenait parfaitement en place, les lèvres de sa vulve bien béantes n'attendaient que sa langue. Ses doigts. Sa bite.

Mais je ne le laisserais pas faire. Pas ici.

Sa chatte m'appartenait mais je n'allais pas la prendre ici, en plein milieu du couloir. Je la baiserais en prenant mon temps, je la pénétrerais pendant des heures.

Le silence se fit pesant dans le couloir, telle une drogue, je regardai son expression changer, fasciné par cette franchise sans faille qui se lisait dans ses yeux. Soutenant tout son poids au niveau de mes cuisses, je me servis de ma main libre pour explorer les courbes de ses seins et de ses hanches.

Incapable d'y résister, je me baissai en avant, tout près de sa vulve chaude et moite et enfonçai profondément deux doigts dans sa chatte trempée.

Son gémissement fit palpiter ma bite tandis que je la branlais pour qu'elle atteigne presque l'orgasme, sans toutefois la faire succomber. Blade suivait le mouvement de ma main du regard, captivé. Il respirait pesamment alors que son odeur emplissait le couloir. Douce, musquée, elle nous rendait accro.

Elle fut parcourue de soubresauts, sa tête se relâcha, je m'arrêtai, ôtai mes doigts et les léchai. Par tous les dieux, elle avait un goût absolument divin.

— Styx.

Je n'oublierais jamais ce moment où elle prononça mon prénom, les joues rosies, le corps frémissant, à deux doigts de jouir.

— Je t'en supplie.

— Blade va te faire un cunni mais tu n'auras pas le droit de jouir sans ma permission. Tu comprends ? Tu vas me regarder droit dans les yeux. Interdiction de jouir.

— Je peux pas...

Blade plaqua sa bouche sur son clitoris, elle s'arcbouta dans mes bras, soudainement muette.

— Branle-la avec tes doigts, Blade. Sens comme elle est étroite et chaude. Mais ne la fais pas jouir.

Son sourire avide et sauvage n'acceptait pas la moindre discussion.

J'étudiai son expression, notant la moindre nuance et la moindre émotion tandis que Blade s'occupait de son clitoris avec sa bouche. Ses hanches ondulaient d'avant en arrière, ses fesses rondes reposaient sur mes cuisses musclées.

Si parfaite. Si réactive. Si soumise.

Elle ne me quittait pas des yeux, le regard dans le vague,

ailleurs, toute concentrée sur ce que Blade était en train de lui faire.

Il commença et s'arrêta, il l'avait excitée comme je le lui avais demandé. Elle savait, son corps était doux et soumis dans mes bras. Blade la branla jusqu'à ce que son regard vague cède la place à un désir impérieux, qu'elle s'agrippe à ma main toujours fourrée dans ses cheveux et que les larmes lui montent aux yeux, elle répétait inlassablement une seule et même phrase.

— Je t'en supplie, je t'en supplie, je t'en supplie. Un refrain lancinant, désespéré, il ne s'agissait pas de simples mots, mais d'une supplique.

— Regarde-moi. Ma voix était dure, impérieuse, son regard s'éclaircit suffisamment pour qu'elle sache qui la tenait, qui commandait son corps, à qui elle appartenait.

— Tu es à moi, Harper. Répète--le.

— Oui.

Mon sourire était plus animal qu'humain, je posai ma main libre autour de son cou.

Comme prévu, elle battit des cils et ferma les yeux, son corps répondait à ma domination d'une seule caresse, elle fondait littéralement. Enfin satisfait, je me penchais et effleurais son oreille de mes lèvres.

— Jouis, Harper. Jouis maintenant.

L'ordre lui fit l'effet d'une décharge laser, je l'embrassais afin d'étouffer son hurlement tandis que Blade venait à bout de sa chatte, la branlait avec ses doigts, suçait son clitoris. Elle se cambra, poussa de petits cris, et perdit son sang-froid.

Il la fit gémir inlassablement, jusqu'à ce qu'elle soit parcourue de soubresauts dans mes bras et que des larmes coulent sur ses joues.

Je les embrassai alors que Blade l'aidait gentiment à reprendre son calme. Ses baisers n'étaient plus sauvages ou exigeants mais agréables. Doux. Tendres, ils l'apaisaient, la calmaient.

— Harper ? Je lâchai ses cheveux et caressai sa joue. Elle était si petite, si délicate. Le genre d'abandon dont je ne me lasserais jamais.

Elle releva la tête et ouvrit la bouche tout en fermant les yeux.

— Oui, souffla-t-elle, complètement détendue tandis que Blade caressait ses jambes et ses hanches avec de amples mouvements doux pour calmer notre partenaire essoufflée.

— Tu es belle, murmurai-je, je n'avais pas du tout envie de changer de position contre le mur, je ne me résignais pas à la lâcher. La sensation de ma queue contre ses fesses était presque douloureuse, mes couilles étaient tendues au possible, j'étais prêt à éjaculer. Mais pas ici, dans un lit, et alors je—

Le bipeur de son poignet retentit, je remarquai que la bandelette lumineuse était passée du bleu clair au rouge.

— Oh mon dieu non. Son bipeur a sonné, dit Blade, en me regardant d'un air à la fois inquiet et interrogateur. Nous savions très bien ce que signifiait ce bracelet, ce qu'il voulait dire pour notre partenaire. Allions-nous vraiment laisser Harper repartir en mission ? Seule ? Sans personne pour la protéger ? Surtout après l'avoir vue jouir, et après avoir pris conscience de la confiance qu'elle nous accordait ? Je reconnus sur le champ la rage qui brillait dans ses yeux. L'idée lui déplaisait au plus haut point.

A moi aussi.

Mais Harper ne faisait pas partie de la légion Styx. C'était une humaine, un officier de la Coalition. Nous n'étions pas ici pour entrer en guerre avec la Flotte de la Coalition. Notre petite femme était toute douce et soumise, on l'avait comblée en nous occupant de sa chatte mais qu'adviendrait-il si on l'empêchait d'effectuer son travail ? J'avais l'impression que la douceur d'Harper était passagère, sa confiance, temporaire. Pour elle, ce qui s'était passé entre nous—elle avait appelé ça comment déjà— n'était qu'une *partie de jambes en l'air* ?

Harper était totalement immobile, elle respirait profondément, son opulente poitrine montait et descendait. J'adorais la voir ainsi, si ivre de plaisir qu'elle ne répondait même plus à son bipeur.

Elle ne fit pas attention à ce que Blade lui dit jusqu'à ce que je lui adresse un signe de tête silencieux en direction de ses vêtements, pour qu'il lui remette son pantalon et sa botte.

Il baissa sa jambe de son épaule. Le mouvement lui fit reprendre ses esprits et j'ôtai ma main de son cou en la tenant délicatement pendant que Blade l'habillait.

— Harper, soufflai-je.

Le bipeur de son poignet se faisant plus strident, elle reprit enfin ses esprits. Je la vis lutter contre ses émotions, ses pensées, passer du statut d'amante comblée à celui de membre détaché dans l'espace de la Coalition en un clin d'œil.

Son sang-froid fit palpiter ma bite, je luttai pour m'empêcher de montrer mes crocs. J'avais envie de la mordre. De la marquer. De la sentir. De la posséder. Maintenant. Putain, là, maintenant, tout de suite.

Mais je n'étais pas un animal Hyperion ; j'étais un homme. Je m'appelais Styx, avec une légion de noms tatoués sur ma peau et le poids des vies, j'étais responsable de leur protection.

Je ne voulais pas attirer toute la Coalition sur la légion en kidnappant cette femme. Elle était à moi. Je ne quitterais pas la station Zenith sans elle, je devais trouver un moyen.

— Merde. Encore Latiri 4. Elle s'écarta et enfonça son pied dans la botte que Blade avait commencé à lui enfiler, avec une habitude provenant de mois de pratique. Elle était très concentrée, avait repris son sang-froid, sans aucune crainte ni panique face à la mission qui l'attendait. Le fait de savoir qu'elle nous avait accordés ces précieux moments de pur abandon me serrait le cœur. Elle était redevenue sauvage, belle, capable de réprimer son désir pour partir en mission avec une détermination froide qui forçait mon admiration.

Ma femme survivrait allégrement aux us et coutumes en vigueur dans les légions. Elle pourrait même faire en sorte qu'elles prospèrent. Avec moi.

Avec nous.

Blade retira sa main de son corps et recula lorsqu'elle le repoussa. J'étais le suivant sur la liste, elle me gratifia d'une petite tape sur l'épaule, comme si j'étais un animal de compagnie.

J'essayai de ne pas prendre ombrage face à son rejet mais je me jurai de lui faire payer son manque de respect ultérieurement.

Elle ne me manquerait plus jamais de respect. Elle n'oublierait plus jamais qui était le maître. Une fois à moi, le doute ne serait plus permis, il n'y aurait aucun retour arrière possible.

Mais le moment était mal venu pour y songer, ou pour quoi que ce soit d'autre d'ailleurs. On l'attendait sur un autre lieu de combat. Elle avait un travail à faire. Et à moins que je souhaite sacrifier des vies et me battre avec la Coalition, je n'avais pas d'autre solution possible que de la laisser s'en aller.

Une violente vague d'instinct protecteur me submergea, anéantissant cette sensation de … panique ? J'étais conscient de son rôle sur Zenith, du danger qu'elle affrontait, ce dont je ne m'étais pas rendu compte jusqu'alors, jusqu'à ce qu'on la goûte, qu'on la tienne, qu'on la voit sous un nouveau jour. J'avais envie de la jucher sur mon épaule et de rentrer sur Rogue 5, elle y serait en sûreté. Non seulement de ses ennemis, mais de son propre travail.

Mais non. On ne l'avait pas possédée. Pas encore. Si je la possédais maintenant, non seulement elle résisterait, mais je briserais une douzaine de règles de la Flotte de la Coalition Interstellaire. Ils m'abandonneraient tous pour ne pas avoir tenu compte de leur avertissement.

Kidnapper un membre des MedRec, une femme qui plus est, lancerait des milliers de guerriers à sa recherche, pour la sauver.

Les Prillons, les Atlans, les Trions et même les humains, étaient protecteurs envers leurs femmes. Si j'essayais d'aller à l'encontre de sa volonté, je me retrouverais sous peu avec une petite armée de vaisseaux aux basques, ils me traqueraient jusque sur Rogue 5.

Non. Elle devait venir de son plein gré. Mais c'était pas le moment. Elle était notre femme *parce qu'*elle était elle-même. Une secouriste. Intrépide. Courageuse. Nous devions la laisser partir. Ça me tuait mais le bipeur à son poignet ne résonnait pas comme un simple avertissement de départ en mission, nous devions accepter son départ.

Elle poussa un cri, se raidit, puis se reprit complètement.

— Merde. Je suis sincèrement désolée, grommela-t-elle en montrant son poignet. Je ... je dois y aller.

Blade se redressa de toute sa hauteur. Il recula et lui céda le passage.

Elle me regarda, ainsi que Blade.

— C'était ... cool. Merci pour—ce que vous savez.

Blade hocha la tête en silence. Il serrait les poings, comme s'il se retenait de l'attraper, de l'empêcher de s'en aller. Il ressentait le manque aussi violemment que moi, bien qu'elle ne soit pas encore partie.

Je ne pouvais pas lui parler maintenant, lui dire qu'on attendrait son retour, que lorsqu'elle nous reviendrait saine et sauve, nous poursuivrions ce que nous avions entamé, que ce sera à mon tour de m'agenouiller devant elle, de la goûter —pas simplement en léchant son goût sur mes doigts. Ce n'était pas le moment. Elle devait partir sur le champ.

Elle nous gratifia d'un bref hochement de tête et s'éloigna dans le couloir à petites foulées.

Elle avait dû partir mais nous allions mettre ce temps à profit pour en apprendre plus sur son compte, on allait savoir combien de temps il lui restait à tirer au sein de la Flotte. Et comment faire en sorte qu'elle démissionne de sa mission bien spécifique sans déclencher une guerre perdue d'avance. Je jetai un œil en direction de Blade, je savais pertinemment ce à quoi il pensait.

Il remit sa bite en place dans son pantalon. S'il bandait autant que moi, rien ne pourrait soulager notre inconfort, hormis la chatte accueillante de notre partenaire.

— Elle ne pourra plus se rendre sur les zones de combat si elle est officiellement mariée.

— Nous ne faisons pas partie de la Flotte de la Coalition. On ne peut pas se marier.

— Foutaises, rétorqua Blade. Cet enfoiré du Service des Renseignements nous a fait miroiter des avantages dont nous n'avons jamais voulu profiter. Y compris une inscription au programme des Epouses Interstellaires.

Blade avait raison mais je n'avais pas envie de faire plaisir au Docteur Mervan, cet enfoiré de Prillon. C'était un espion, son cœur était aussi noir, froid et impitoyable que l'espace infini.

— Et si on s'inscrit au programme et qu'on nous en attribue une autre ?

Blade passa ses mains dans sa longue chevelure argentée et lâcha :

— T'as raison. Elle ne doit pas être inscrite dans la banque de données du Programme des Epouses Interstellaires. Elle bosse au MedRec. On serait forcément mariés à une autre. Putain.

— Exact. Et j'ai pas envie que le Docteur Mervan ait vent de nos projets. Il pourrait en profiter.

Blade frappa un grand coup du plat de la main sur le mur, un signe de sa frustration.

— Combien de temps ? Combien de temps doit-elle encore à la Coalition ?

— J'en sais rien. Mais j'ai bien l'intention de me renseigner. Elle sera bientôt au chaud dans mon lit, sur Rogue 5, il va falloir prendre le temps nécessaire pour l'emmener sans mettre en péril toute la légion.

4

*H*arper, *Champ de Bataille, Mission de Sauvetage Médical, Secteur 437, Amas d'Etoiles, Latiri*

JE PIÉTINAIS les graviers et la poussière en passant d'un corps à l'autre, l'équipe se déployait tel un essaim de fourmis. Nous étions si coutumiers du fait que toute parole était inutile, nous savions tous quelle était notre tâche. Nous fonctionnions suivant un schéma bien précis, un rythme qui nous était propre, on faisait notre boulot, efficacement. Cette planète, ce secteur de l'espace était infernal. L'enfer. Pur et dur. Les combats avec la Ruche étaient incessants. Beaucoup trop de combats. Je connaissais le secteur comme ma poche.

On avait naturellement constitué trois équipes de cinq composées de deux guerriers Prillon parés à attaquer et chargés de notre protection, de veiller sur les plateformes de transport—et sur nous—pendant qu'on détalait à la recherche de survivants.

Je supervisais le tri, guettant des signes de vie. Rovo se chargeait de la station de transport portable—un sas de téléportation. Des accessoires petits mais puissants, de la taille d'une pièce d'un dollar. Lorsque nous tombions sur une personne nécessitant un transport immédiat, Rovo fixait le dispositif d'un claquement bref sur la paume de la main du patient, appuyait sur le bouton et *voilà*. Envolé. Directement sur Zenith afin d'y recevoir des soins médicaux immédiats.

Il arrivait parfois que le dispositif envoie la personne sur la plateforme de transport la plus proche, comme s'il jouait à saute-mouton. Oui, c'était un peu trop zarbi et trop branché technologie pour que j'y capte quoi que ce soit. J'avais été impressionnée la première fois que je l'avais vu fonctionner. Mais maintenant ? Plus grand chose ne m'étonnait.

Ok, j'étais impressionnée par la façon dont Styx et Blade m'avait fait jouir. Non, j'étais impressionnée par l'excitation qu'ils provoquaient en moi, j'avais laissé Blade s'agenouiller devant moi, l'avait laissé passer ma jambe par-dessus son épaule et me brouter le minou comme s'il crevait de faim. En plein couloir ! Mais ce n'était ni le moment ni le lieu de penser à comment ils avaient réussi à me procurer cet orgasme. Je garderais ce souvenir torride dans un coin de ma mémoire lorsque je serais de retour sur Zenith, seule dans mon petit appartement.

Il était temps que je m'occupe de cet immense guerrier Atlan gisant par terre devant moi. Il était gigantesque. Lourd. Comme tous les autres extraterrestres. Avec tout leur attirail, certains devait probablement avoisiner les cent-soixante kilos. Je me débrouillerais. J'avais de la force. Mais pas tant que ça. Pas lorsque toute la zone du champ de bataille était jonchée de centaines de blessés et d'un nombre incalculable de morts. Sans compter que nous étions à trente bons mètres de la plate-forme de transport.

Je levai le bras et fis signe à Rovo que j'avais besoin du patch pour transporter un blessé.

— J'en ai un.

Il finit de placer le fameux patch pour l'un de mes coéquipiers et se dirigea vers l'un deux, qui lui faisait signe. Je devais attendre, trop de monde en avait besoin. Il arriverait dans une minute. D'ici là, mon boulot consistait à maintenir ce guerrier en vie.

L'Atlan me fixait avec des yeux vitreux. Sans me déconcentrer, je bandais sa blessure ouverte à l'épaule. Et il grommela. Mon dieu, il était immense.

C'était bien ma veine. Un berserker dans toute sa splendeur avec sa bête.

— Ne t'avise pas de te transformer en bête, sinon je te laisse pourrir sur place.

L'Atlan gloussa, sa bête céda du terrain sous mes yeux, la tension de ma mâchoire et de mes épaules se relâcha juste assez pour que je puisse bouger. Parfois, la bête prenait tellement le dessus qu'ils n'arrivaient pas à se concentrer. Parfois, nous ne parvenions pas à les sauver.

— Tu es une femme autoritaire. Sa voix était aussi rauque et rocailleuse que le sol sur lequel il était allongé.

Je lui adressai un grand sourire.

— Normal. Je suis humaine.

Il sourit et gronda tandis que je serrais le bandage sur son bras et agitais la baguette ReGen afin d'aider à stopper l'hémorragie. Ça aiderait mais pas suffisamment pour guérir. Ce mec avait besoin de séjourner dans les caissons ReGen tout bleus sur Zenith.

— Je sais. Mon ami Nyko est mariée avec une Terrienne autoritaire de ton espèce.

— Il en a d'la chance.

Je rigolai face au sourire carnassier que m'adressait cet Atlan. Je devais admettre qu'il était solide. Allongé là, à saigner de partout, en train de *mourir*. Et il trouvait encore l'énergie de plaisanter.

— T'as besoin d'un séjour en caisson ReGen, l'Atlan. Tu guériras et tu pourras choisir ta propre Terrienne autoritaire.

— Wulf. Je m'appelle Wulf.

J'agitai la baguette ReGen sur son corps mais c'était insuffisant. Il était déchiqueté. Le devant de son armure était en lambeaux, comme s'il s'était battu sur Terre avec un grizzly aux griffes de quinze centimètres.

— Putain mais qu'est-ce qui t'es arrivé, Wulf ? Ces blessures ne proviennent pas d'un pistolet laser.

Il fallait absolument le tirer de là. Où était cette putain de station de transport ? Je cherchai Rovo du regard mais ne le vis nulle part.

Rovo était le second, il avait été affecté dans cette équipe dès mon arrivée en provenance de la Terre. C'était un dur à cuire qui n'avait pas la langue dans sa poche, un taiseux, un ancien secouriste de l'Armée originaire de Los Angeles. Étant donné qu'on était originaires de la même ville, on avait des centres d'intérêts communs, notamment le foot ou la bonne bouffe mexicaine. Rovo était son nom de famille, c'était italien. Je ne connaissais pas son prénom et je comptais pas le lui demander. Pas ici. On se fichait complètement des prénoms ici. Soit on était de la Ruche, soit on était contre la Ruche. Y'avait pas de juste milieu. Pas de négociation possible.

— Ton ami a disparu derrière ce rocher. Wulf fit un effort pour lever sa main et indiqua les rochers gris et noirs qui émaillaient le paysage. Ce n'était pas bien loin, la distance d'un terrain de foot environ mais …

Wulf toussa, il crachait du sang.

Merde. Merde. Merde. Je ne pouvais pas le laisser en plan.

Putain mais il foutait quoi, Rovo ?

Je mis la baguette ReGen en position « on », et introduisis sa base dans l'une des larges ouvertures béantes de l'armure de Wulf. Je l'agitais mais Wulf gémissait toujours de douleur.

— Désolée. *Y'a pas de quoi être désolée.* Tu survivras.

— Sadique.

— Tu le savais déjà.

Je souris à Wulf, quand je verrais Rovo, je le tuerais. Je. Le. Tuerais. Tout. Doucement. Mais j'étais inquiète. Ça ne lui ressemblait pas. Il avait repéré d'autres blessés derrière ce rocher ? Il avait besoin d'aide ?

Merde. Un truc clochait. Je le sentais. Si je regardais autour de moi, tout semblait normal. Les autres faisaient leur taf. Tout le monde travaillait tranquillement et efficacement, les blessés étaient identifiés et emmenés afin de rentrer sur Zenith pour guérir. Fallait se barrer de ce caillou aride. De ce champ de ruines.

La baguette ReGen ne parvenait pas à soigner la grave blessure au thorax de Wulf, je me levai d'un bond.

— Je reviens.

— Non. L'ordre de l'Atlan était sec. Mordant. Très bien. La baguette était en définitive peut-être plus efficace que prévu.

Je regardai le visage déterminé de Wulf sur les cailloux. Un. Truc. Clochait. Mais je ne pouvais pas laisser Wulf allongé ici et le laisser crever. Il ne tiendrait pas longtemps.

Je scrutai les autres MedRec, cherchant du regard le membre chargé du transport.

Ils étaient tous trop loin, éparpillés sur le champ de bataille. Merde. J'évaluai la distance entre Wulf et le sas de transport. On n'était pas loin. C'était sa seule chance.

Je tuerai Rovo quand je le verrai.

— Allez soldat. Debout.

Je passai mon bras sous son épaule valide et tirai de toutes mes forces. Rien. Il ne bougea pas d'un pouce.

Mon dieu, il était hyper lourd.

Le regard pétillant de Wulf s'éteignit, il contemplait les rochers et mon visage.

Je baissai la tête et croisai ses yeux noirs.

— Marche ou crève, Wulf. Ton salut se trouve derrière ces rochers, et je ne peux pas te porter.

Je tirai de nouveau, m'accroupis et le fis s'asseoir.

— Bouge-toi, Wulf ! Bouge-toi maintenant !

Je savais que je lui criais dessus mais c'était parfois nécessaire, ces mecs ne comprenaient rien d'autre. Je savais qu'il souffrait, qu'il était fatigué et luttait contre la mort. Sa bête se montrerait peut-être un peu plus agressive que lui.

Je tablai sur le fait que c'était un dur à cuire et qu'il tenait à la vie.

Wulf se mit debout, je le soutins en soutenant son épaule.

— Allez. Un pas à la fois.

— Autoritaire, siffla-t-il entre ses dents, on avança. Un pas. Deux. Trois. J'avais l'impression que mon dos ne tiendrait pas sous son poids mais on avançait.

— Comment tu t'appelles ?

— Harper.

— C'est pas un prénom très répandu.

— C'est ce que mon père disait toujours.

Je souris en regardant le sol tandis que nous progressions, en faisant attention au moindre obstacle susceptible de nous faire trébucher. J'avais réussi à l'aider à se lever la première fois mais je doutais d'y parvenir une deuxième fois.

— Mais ma mère a eu le dernier mot.

— Autoritaire, elle aussi.

Il avait du mal à respirer.

— Oui. Tais-toi et avance.

Les quelques minutes qui s'étaient écoulées m'avaient paru être une heure, on approchait de la station de transport, l'un des guerriers Prillon vint à notre aide. Je savais qu'il ne pouvait pas quitter la plateforme mais nous nous connaissions assez pour qu'il enfreigne les règles.

— Un caisson ReGen, vite ! hurlai-je.

Le Prillon hocha la tête et emmena Wulf tandis que l'Atlan gigantesque s'effondrait sur la plateforme. Il me regardait tandis que je reculais.

— Tu vas t'en sortir, Wulf. Transporte-le jusqu'au caisson, ordonnais-je.

Je jetai un dernier coup d'œil derrière moi en accélérant l'allure, mon alarme interne allait crescendo. Putain où était Rovo ?

— Fais-le dégager d'ici vite fait !

Je partis en courant vers les rochers, Wulf m'avait indiqué que Rovo était parti par-là, puis j'entendis un grondement, le rugissement d'un vaisseau quelconque, provenant de la mauvaise direction.

Oh, mon Dieu.

— Tirez-lez tous de là ! Immédiatement !

Je hurlai cet ordre. Je n'étais pas second mais en l'absence de Rovo, c'est moi qui donnais les ordres sur le terrain.

Je ne savais pas à quoi m'attendre mais certainement pas aux deux petits vaisseaux qui se posèrent à la lisière du champ de bataille. Ni à la douzaine de mercenaires qui en descendirent. Leur armure était noire. Six hommes et six femmes, avec ce visage sauvage que je connaissais bien. Certains avaient les cheveux argentés, comme Blade. D'autres noirs, comme ceux de Styx. Mais ils avaient tous les traits distinctifs des deux hommes avec lesquels j'avais failli baiser dans le couloir. Ce moment intime passé en leur compagnie m'aida facilement à les reconnaître comme étant des mercenaires de Rogue 5.

Leurs uniformes étaient presque identiques à ceux de Styx et Blade, jusqu'au brassard sur leur biceps.

Sauf que les leurs n'étaient pas argentés. Ils étaient rouges. Rouge foncé, comme du vin. Comme du sang séché. L'un d'eux leva les yeux et s'aperçut que je le contemplais. Je croisai son regard pâle, je ne regardai rien d'autre. Ses yeux ne brillaient d'aucune chaleur, contrairement à Styx ou Blade. Aucun intérêt ou émotion. Seulement de l'indifférence. Un frisson glacé me parcourut malgré ma transpiration. Son regard contenait la réponse à ma question.

Ces mercenaires tuaient de sang-froid.

Je gueulai à tout le monde de foutre le camp d'ici et courus à la recherche de Rovo, dans la direction indiquée par Wulf. Je devais le prévenir. Le trouver.

Le chaos ébranla le sol lorsque le Prillon de la plateforme de transport ouvrit le feu et surprit notre nouvel ennemi. Ils n'étaient pas de la Ruche mais me fichaient une putain de frousse.

Mon équipe se mit à tirer, le sol était jonché de morts et d'agonisants, des cris retentirent, une pagaille monstre régnait.

— Rovo ! hurlai-je en dégainant mon pistolet laser.

J'étais trop éloignée pour tirer dans le tas et je n'avais pas la moindre idée de ce sur quoi j'allais tomber en contournant cet énorme rocher.

Je n'y parvins pas. Trois guerriers presqu'aussi grands que Styx firent leur apparition derrière ce méga-rocher, ils se dirigeaient vers moi.

Merde. Merde. Merde.

Ils étaient tout près. J'étais rapide à bien des égards mais courir n'était pas mon fort. J'aurais voulu, à cet instant précis, courir à la vitesse d'un Chasseur Everien.

Je pivotai sur mes talons et courus de toutes mes forces. Une détonation retentit au-dessus de ma tête, je plongeai et esquivai, espérant ne pas tomber sous le feu de l'ennemi. L'un de mes poursuivants pestait et hurlait.

Je regardai derrière et vis Wulf à genoux, son pistolet laser à la main, en train de viser derrière moi. C'était plus une bête qu'un Atlan, ce qui nous permettait de rester en vie. Les Prillons ouvraient le feu sur la mêlée à l'autre bout du champ de bataille, le reste de mon équipe menait une bataille qu'elle était vraisemblablement en train de perdre.

Une respiration bruyante. Le martèlement sourd de bottes derrière moi.

Wulf fit feu de nouveau, l'un de mes agresseurs s'effondra.

— A terre ! hurla-t-il, je heurtai le sol en roulant tandis que de grosses mains agrippaient l'arrière de mon uniforme vert, avant de retomber. Je repris ma course folle. Wulf tira, je tombai à genoux mais il manqua le mercenaire qui me pourchassait pour plonger sur moi et me fit tomber.

Je regagnai la plateforme de transport à quatre pattes. J'y retrouvai Wulf gisant inconscient. L'un des guerriers Prillon me regardait.

— Allez. Tout de suite ! On a reçu l'ordre de dégager de la plateforme afin que le Commandant Karter puisse envoyer ses guerriers.

Des guerriers ? Karter ? Pardon ?

Impatient, le Prillon m'attrapa et me fit monter sur la plateforme. Il recula, tira dans la mêlée afin de protéger le reste de mon équipe.

— Bouge-toi ! ordonna-t-il à son compagnon planté devant le pupitre de commandes à l'autre bout de la plateforme de transport. Je compris qu'ils n'avaient pas l'intention de partir. Ils comptaient rester là et se battre.

Je jetai un coup d'œil à Wulf, il se vidait de son sang, la baguette ReGen gisait sur le plancher de la plateforme, non loin de lui. Bon sang.

Je rampai vers lui, repris la baguette et la reposai sur sa poitrine, avant de m'emparer de son pistolet laser.

La plateforme vrombit avec une puissance qui dressa mes cheveux sur ma tête et me fit trembler des pieds à la tête. Je levai le pistolet et visai, mettant en joue l'un des mercenaires qui tirait sur mon équipe à une distance respectable.

Les enfoirés. Les lâches.

Je connaissais ce genre de mecs, j'en avais une liste longue comme le bras.

Derrière lui, ses amis entraînaient les blessés et mon équipe, les vivants, sur leurs vaisseaux.

Pourquoi ? C'était quoi ce bordel ?

Ils prenaient aussi les armes. Tout ce qu'ils pouvaient, personnes et armes confondues. Mais pourquoi emmener les guerriers ? Pourquoi enlever mon équipe ? Pourquoi …

Je tirai de nouveau. Le tir toucha sa cible mais ne le tua pas. Il se tourna dans ma direction, exhibant dangereusement ses canines, fou de rage.

— Putain. Moi. Je. Oh merde, hurlai-je en touchant le bipeur à mon poignet.

Des canines. Je me souvenais d'avoir vu celles de Styx quand il avait souri. Et celles de Blade aussi. Mais ils n'étaient pas dangereux. Non, je n'avais ressenti aucune crainte, aucune panique dans ce cas précis. J'étais euphorique. Un peu effrayée. Si excitée que j'avais arrêté pas de penser à la morsure promise. J'avais fermé les yeux, en attendant de sentir leurs bouches sur moi. Je voulais ressentir la douleur.

Je voulais leur appartenir, être entre eux. Oublier le monde et les laisser me baiser à leur guise.

Ils viennent de Styx ? C'est leur modus operandi ? Il m'aurait trompée ? Leur « *associé* » était l'un de ces connards ? Se comportait-il comme un mâle alpha et dominant avec moi, était-il impitoyable et meurtrier avec les autres ? Il m'avait dit être leur chef. S'était-il intéressé à mon équipe et à moi pour *ça* ? S'attendait-il à ce que je meurs avec les autres ? Si les guerriers ne sortaient pas immédiatement de leurs vaisseaux, on allait tous crever.

A cause de Styx ? Et Blade ?

Mes pensées tournant en boucle me mettaient dans une rage folle, je visai de nouveau. Je tirai. Je regardai avec satisfaction ce connard aux dents longues s'écrouler. Je n'étais pas une tueuse mais la rage me galvanisait, une colère divine inconnue s'emparait de moi alors que je contemplais les monstres déferler sur mon équipe. Nous n'étions pas des guerriers. Nous étions des médecins. Des infirmiers. Nous sauvions des vies, ils nous attaquaient comme si nous étions l'ennemi.

Le champ magnétique montait crescendo, je savais que le transport était imminent mais je continuais à viser un autre mercenaire aux bras rouges. Mon doigt se crispa sur la gâchette, mais il était trop rapide, trop agile. Il évita la décharge du pistolet laser et s'approcha. Il tua l'un des guerriers Prillon qui tituba de douleur mais ne s'écroula pas.

— Transport en approche ! me hurla l'autre Prillon, unique avertissement avant la douleur. Affolante. Une véritable agonie. La technologie de transport faisait chier.

Sur le sol à côté de la plateforme de transport, le mercenaire qui me courait après et m'avait sauté dessus avait atterri sur mes jambes, j'appuyai une fois sur la détente en hurlant. Il me tenait et n'avait pas l'intention de me lâcher.

Il tirait, essayait de m'entraîner hors de la plateforme mais l'énorme main de Wulf agrippa l'arrière de mon uniforme et tira.

Le tissu de mon uniforme me cisaillait la peau tandis que ces deux immenses hommes m'écartelaient. Je levai mon arme pile devant le visage du mercenaire, son nez n'était qu'à quelques centimètres du canon. Je me baissai, le regardai droit dans les yeux, je savais que je devrais à nouveau faire feu.

J'hésitai tandis que la nausée me submergeait.

J'avais pas envie de faire ça. J'allais devoir tirer pour sauver mes amis ? J'avais agi selon mon instinct. Mais c'était moi. Et lui. C'était intime et personnel.

Il avait les yeux marron. Teintés d'intelligence et de résignation.

J'appuyai sur la détente.

Trop tard.

Tout s'évanouit, nous fûmes aspirés par le vide temporel du transport.

lade, Station de transport Zenith, Quais de Transport

L<small>A</small> <small>PORTE</small> de la zone de transport coulissa, c'était le chaos total. L'alarme de combat de la station retentissait depuis cinq minutes, toutes les lumières du bâtiment étaient sur le rouge. Des guerriers portant de lourdes armures se précipitèrent afin de rejoindre les équipes rassemblées pour le transport en surface, simplement dérangées par les ordres du Commandant Karter en personne.

Il envoyait tout un contingent du cuirassé Zenith, resté là à faire son boulot, remplissant son rôle de station relais pour les transports longue distance du bataillon jusqu'à la galaxie Latiri.

Ce qui voulait dire dégager des plateformes de transport. Rien dessus. Rien à côté. Jusqu'à ce que les troupes soient à terre.

Je m'approchai de l'une des équipes de communication. Il cria à l'officier sur le pont, qui relaya les ordres à l'équipe de transport. C'était très efficace, comme s'ils avaient fait ça des centaines de fois.

Mais ils n'avaient encore jamais abandonné ma femme sur une planète étrangère. Jamais mis sa vie en danger à cause de leurs retards.

Styx et moi nous trouvions dans nos quartiers quand l'alarme avait retenti, on avait ouï dire dans les couloirs que bien que Zenith soit saine et sauve, l'équipe MedRec subissait une attaque au sol. J'avais regardé Styx et nous n'avions pas échangé le moindre mot.

Harper.

Elle faisait partie du groupe de médecins déployés sur ce foutu champ de bataille sur Latiri. Elle était partie, la tête ailleurs et comblée après avoir joui grâce à ma bouche et mes doigts. A plusieurs reprises. Oui, on l'excitait vachement rapidement. Elle était sensible à nos caresses. Mais elle était partie, elle avait repris son poste. Pour sauver des vies, non pas pour tomber au beau milieu d'un putain de combat. J'avais toujours son goût sur ma langue, son odeur me collait aux doigts.

Notre femme était en danger, et nous ne pouvions rien faire pour elle. Le trajet menant à la station de communication avait été pénible. Tout d'abord, les couloirs étaient bourrés à craquer de combattants de la Coalition se préparant au combat et d'équipes défensives stationnées au sol en cas d'attaque d'un ennemi potentiel. On avait fini par rejoindre les quais de transport, mais nous en avions été bien vite écartés afin de permettre aux plateformes de transport d'être déblayées de leurs matériels, des ordres avaient été donnés aux autres stations et planètes de reporter leur transport. Tous avaient une mission à accomplir. Tous, sauf nous.

Bien que nous ne remplissions aucun rôle—nous

attendions le contact de la Coalition de Styx pour acheter les armes et les explosifs à vendre—nous avions une femme à protéger, à sauver. La seule chose à faire était de se transporter dans le putain d'endroit où se trouvait Harper.

Nous étions lourdement armés, notre armure chargée était prête à absorber les décharges laser. J'attrapai l'épaule de l'officier chargé des communications.

— Où est l'équipe de MedRec ?

— Sur Latiri 4. C'est la cinquième bataille cette semaine, répondit-il sans même se retourner pour voir qui avait posé la question.

J'eus l'impression que mon cœur avait cessé de battre.

— La Ruche ? Ils ont été attaqués par la Ruche ?

— Non, non, non. Il leva la main vers son oreillette de télécommunications et ordonna à une autre station de transport de faire attendre tous les transports en approche jusqu'à nouvel ordre. Il me jeta un bref coup d'œil.

— Non. Ils sont attaqués. Ennemi inconnu. Probablement des pilleurs.

Styx se raidit, nous nous regardâmes à nouveau sans mot dire. Des pilleurs ? Nous étions les seuls enfoirés assez timbrés pour débarquer sur Latiri. Il ne s'agissait pas d'une mission de Styx, ce qui voulait dire que notre femme se faisait probablement attaquer par un groupe de mercenaires provenant d'autres légions de Rogue 5. Des tueurs. Des tueurs de sang-froid. Des marchands d'esclaves. Que les dieux soient maudits.

— Transportons-nous sur le champ, ordonna Styx.

Je me dirigeai vers la plateforme de transport. Nous allions rejoindre notre femme, les autres n'auraient qu'à aller au diable. Styx marchait à mes côtés, m'octroyant l'espace nécessaire. C'était peut-être le chef de notre légion mais j'étais un combattant. Il était calme, calculateur. Il ne perdait jamais son sang-froid. J'avais, quant à moi, un caractère bien trempé. Blade le rebelle. Rien ne devait se mettre en travers de mon chemin, surtout quand j'étais énervé comme un beau diable.

Quelqu'un était en train de mettre la vie de ma femme en danger, je n'essayais même pas de garder mon sang-froid. Styx en plaisantait souvent, disant que j'étais pas du tout un Hyperion pure race, que ma mère avait menti concernant ma lignée, qu'elle avait dû traîner avec un Atlan.

J'avais l'impression d'avoir une bête en moi, sauvage et impitoyable, prête à trancher des têtes pour sauver Harper. Mes canines s'allongeaient, je bandais. Tout mon corps était boosté à l'adrénaline, prêt à faire un carnage. Et Styx me laissait toute latitude.

Tandis que nous approchions du pupitre de transport, l'alarme du combat cessa de hurler, les lumières restèrent bloquées sur du rouge. Les portes de la plateforme de transport 4 s'ouvrirent à notre approche sur un groupe de cinq combattants de la Coalition, en armure de la tête aux pieds, prêts à être envoyés sur le site.

Je grimpai sur la plateforme de transport derrière eux, Styx sauta à mes côtés.

Le guerrier Prillon aux commandes nous regarda.

— Descendez de la plateforme. Vous n'avez pas d'autorisation.

Styx fixa le guerrier du regard.

— Ma femme est là-bas putain de merde. Téléportez-nous immédiatement.

Plusieurs guerriers se retournèrent pour nous regarder et durent en arriver à la même conclusion que nous puisque leur chef se tourna vers le pupitre de commandes.

— Allez-y.

Le Prillon haussa les épaules.

— Je ne peux pas, monsieur.

— Expliquez-vous, ordonna l'immense capitaine Prillon.

Quatre techniciens étaient aux commandes. Plusieurs voix s'élevèrent des haut-parleurs dans la pièce, ça braillait de toute part, il était tout à fait impossible de comprendre ce qui se passait. Le fait de ne pas pouvoir bouger se rajoutait à ma frustration. Rien ne se déroulait correctement, mais aucun d'eux n'avait de femme en danger.

Les mains du technicien s'agitaient frénétiquement tandis qu'il examinait le pupitre de commandes.

— On a des arrivées. Je ne peux pas les stopper.

— De quelle provenance ?

— La zone d'attaque, monsieur. L'officier au sol a entré un code non autorisé.

— Putain. Dégagez la plateforme !

Le capitaine Prillon retira son casque et marcha pesamment en direction du pupitre afin de vérifier par lui-même. Sa peau et ses cheveux étaient couleur bronze, ses yeux de miel luisaient d'une lueur féroce. Il était énervé.

— Contactez-le, ordonna le Prillon. Immédiatement !

Le technicien obtempéra tandis que nous dégagions de la plateforme. Des hurlements, des pistolets laser et des cris résonnant dans le lointain emplirent la pièce. Le chaos. La bataille. Je l'avais entendu maintes fois.

— Merde. Moi. Je suis. Oh, putain. Une voix très féminine se fit entendre dans les haut-parleurs, je me figeai, paniqué.

C'était la voix d'Harper. Styx se raidit et serra les poings, signe de son agitation intérieure. Chez Styx, ça équivalait à carrément craquer.

Je l'entendais respirer de façon saccadée, ses paroles étaient embrouillées. Je reconnaissais ce bruit, je le sentais au fond de moi. Harper était dans la merde. Mon cœur était serré comme dans un étau.

— Lieutenant Barrett ? Au rapport, répondit le technicien.

Il avait sans aucun doute réussi à l'identifier grâce à son matricule de la Coalition ou son neuro-processeur. Comme rien n'arrivait de la surface, le capitaine Prillon prit les choses en main et déclama d'une voix de tonnerre.

— Zenith à MedRec 4. Ici le Capitaine Vanzar. Au rapport.

Son hurlement retentit dans l'air ambiant, tout le monde se figea.

— Harper ! hurlai-je en avançant vers le pupitre.

Le groupe de combattants leva instinctivement ses armes devant mon emportement et mon mouvement soudain. Je ressentis un grésillement, le vrombissement d'un transport qui approchait et une main sur mon bras qui me tirait en arrière. C'était Styx.

Une seconde plus tard, Harper scintilla et apparut, en travers de la plateforme. Elle n'était pas seule. Un guerrier Atlan se tenait non loin, couvert de sang et inconscient. Je me concentrai sur l'homme qui tenait fermement les jambes d'Harper. Il était étendu en travers de la plateforme, comme s'il avait bondi en l'air pour l'attraper, la saisissant au niveau du tibia, l'attrapant juste avant leur téléportation.

Ses doigts étaient enfoncés dans sa cuisse, son sang coulait tandis qu'il grognait, resserrant sa prise dans sa chair pour l'attirer vers lui. Elle hurla de nouveau, la peur se lisait sur son visage tandis qu'elle pointait son pistolet laser carrément sur son visage. Il lui jeta un regard mauvais et l'attira vers lui. Elle rejeta la tête en arrière et poussa un cri silencieux, tout en essayant de s'en défaire.

Pourquoi ne tirait-elle pas ?

Mon sang ne fit qu'un tour. La colère me submergea, une colère sourde et viscérale. Harper continuait de lutter, de tirer sur cette main qui s'acharnait sur sa jambe, ses mains pleines de sang essayaient de trouver une prise sur le métal lisse de la plateforme de transport. Son agresseur avait la force de l'attirer en arrière, il réussit à atteindre son cou, toutes canines dehors, il poussa un grognement.

C'était un homme mort. Il le savait. Il n'avait pas conscience du groupe de guerriers autour de lui, il restait concentré sur ma femme. Sur sa gorge douce et bien en vue, tandis qu'il l'attirait vers lui. Il ne quittait pas son pouls du regard, tel un prédateur affamé.

Je connaissais ce regard, l'intention malveillante cachée sous sa poigne. Je me reconnaissais en lui. Ce n'était pas un simple ennemi, mais un Hyperion. De Rogue 5. Son uniforme était identique au mien et à celui de Styx, intégralement noir, à l'exception d'une fine bande rouge sur son bras. Le rouge foncé de la légion Cerberus.

Sauf que—je connaissais ce visage.

— Lâche-moi ! hurla Harper, les yeux exorbités de peur et de rage.

Ses cheveux dénoués lui tombaient sur le visage, contrairement à il y a une heure, où ils étaient encore attachés lorsqu'elle nous avait laissés dans le couloir. Ses joues étaient maculées de poussière et de traces de sang. Son uniforme vert était déchiré à l'épaule et au niveau du genou droit. Elle était couverte de sang.

Je sautai sur l'estrade et ignorai Harper. Viser son agresseur équivalait à la viser elle. Il me ressemblait énormément, cheveux argentés, visage pâle, regard déterminé. Il redoublait d'efforts à mon approche, rampant pour achever ce qu'il avait commencé. Il était là pour tuer Harper. C'était un ordre. Il agrippa d'une main la hanche d'Harper et tira, elle tomba à la renverse en hurlant et lui donna un coup de pied. Il était trop concentré, il avait clairement l'intention d'en finir avec Harper. Il était peut-être sur le terrain dans le seul but de l'éliminer. Coûte que coûte.

Je me jetai sur lui en rugissant. Ses mains étaient occupées à tenir ma femme, il était sans défense.

— Je le veux vivant ! rugit le capitaine Vanzar. Trop tard. Je lui tordis le cou—une main sur sa nuque, l'autre sur sa mâchoire—et lui brisai la nuque dans un bruit atroce avant même que l'ordre ne me parvienne. Je balançai son corps au loin comme une vulgaire ordure. Affaire réglée.

Le capitaine poussa un juron tandis que le cadavre atterrit sur la plate-forme avec un bruit sourd.

— Putain de merde. Arrêtez-le, ordonna le Capitaine Vanzar, six pistolets laser étaient pointés sur moi. Je les ignorai, seule Harper m'intéressait.

— C'est ma femme, grommelai-je, ils baissèrent tous les six leurs armes.

— Putain.

Le Prillon savait pertinemment que j'avais le droit de tuer l'assassin qui avait osé lui faire du mal. Tous les guerriers présents dans cette pièce auraient fait de même.

— Allez voir comment elle va, ordonna-t-il à l'un d'eux.

Je grognai en guise de protestation tandis que l'Atlan s'approcha d'elle et se pencha au niveau de sa tête. Il se redressa de toute sa hauteur, regarda son capitaine et hocha la tête.

— Elle sent son odeur.

— Parfait. Occupez-vous de votre femme et dégagez du passage, putain de merde !

Il s'écarta de la plateforme de transport et appela l'équipe de médecins.

Styx essaya d'attraper Harper, mais elle s'écroula sur l'Atlan au sol, repoussant les mains de Styx.

— Le seigneur de guerre Wulf a besoin d'un caisson ReGen. Immédiatement !

Elle hurlait cet ordre à l'attention des deux guerriers Prillons debout au bord de la plateforme, ils bondirent sur le champ, relevant cet homme gigantesque et se précipitant en direction d'une équipe médicale vêtue de vert.

Une fois son patient pris en charge, elle se tourna vers Styx pour y trouver du réconfort, je vis mon ami, mon chef, frémir de soulagement tandis qu'il l'attirait dans ses bras. Il lui fit descendre la marche afin de ne pas courir le risque de repartir sur le champ de bataille par inadvertance.

— Faites-nous partir d'ici. Immédiatement ! ordonna le Capitaine Vanzar, toute son unité grimpa sur la plateforme de transport alors que Styx et moi entraînions Harper au loin.

Ils disparurent en quelques secondes. Harper les regarda partir, elle frissonna.

— C'est trop tard, murmura-t-elle.

Je me relevai en serrant les poings, j'essayai de respirer calmement. La mort de l'Hyperion avait été trop rapide. Je devais le tuer de nouveau. Encore. A petit feu.

— Que s'est-il passé ? demanda Styx. Ses mains la palpèrent, à la recherche de blessure. Tu es blessée ?

Elle le repoussa avec impatience.

— Non. C'est pas mon sang. C'est celui de Wulf. Elle tourna la tête, elle le cherchait peut-être, elle écoutait et regardait peut-être tout simplement l'équipe de transport et le bordel organisé sur le quai de transport.

— Que s'est-il passé, Harper ? demandai-je, incapable d'attendre. Je craignais de la toucher, de l'arracher de l'étreinte de Styx. De l'effrayer encore plus.

— Ils étaient trois. Wulf m'a sauvée, répondit Harper en essayant de se soustraire de la poigne de Styx.

Il desserra ses bras mais ne la relâcha pas.

— Trois attaquants ont provoqué tout ce chaos ? demandai-je.

Elle secoua la tête, contemplant la plateforme désormais vide.

— Non. Ils étaient des douzaines. Ils portaient tous ce brassard. Ils ont embarqué tout le monde. Ils ont pris nos armes et tout notre matériel. Ils ont fait monter les survivants sur les vaisseaux.

Elle cligna des yeux et scruta Styx. On aurait dit qu'elle hésitait entre le repousser ou le garder contre elle.

— Pourquoi avoir fait ça ? Des douzaines ? Ils envisageaient d'attaquer Zenith ? D'autres légions Cerberus en avaient après notre femme ?

— Stoppez les transports, dis-je au technicien.

— J'ai pas d'ordres à recevoir de toi, mercenaire. J'ai un bataillon du Karter à transporter. Des guerriers blessés à rapatrier au dispensaire. Le restant du groupe MedRec à évacuer. Dégage avec ta femme. Je suis occupé.

— Elle a failli se faire tuer, sifflai-je les dents serrées.

Je résistai à l'envie de lui briser le cou uniquement parce qu'Harper était devant moi, en sécurité dans les bras de Styx.

— Cette station n'est pas sûre.

Je tournai la tête vers la plateforme de transport vide.

— Blade.

La voix de Styx était tranchante, je quittai le technicien chargé du transport du regard, agacé de le voir soulagé et baisser les épaules. Je me tournai vers mon ami, inquiet pour Harper.

— Il venait de Cerberus.

J'inspirai profondément. Je *connaissais* ce visage. Je l'avais déjà vu sur Rogue 5.

— Et alors ?

— Harper n'est pas en sécurité ici. La Coalition ne peut pas la protéger. Des Cerberus.

— Cerberus ? demanda-t-elle, mais je ne lui fournis aucune explication. Ce n'était ni le lieu, ni le moment.

Je plissai les yeux, je contemplai Harper qui s'accrochait à Styx comme si sa vie en dépendait. Elle était sous le choc, bien qu'elle fasse preuve d'un sang-froid exceptionnel pour essayer de se calmer. Sa panique avait diminué, son regard était moins apeuré, ses joues avaient repris des couleurs.

— Raconte-moi tout, sifflai-je en réponse à l'assertion de Styx.

— On doit filer d'ici, ajouta-t-il. Loin de cette station. On doit la ramener chez nous. On doit la ramener en plein territoire Styx, afin que personne ne puisse la trouver.

Je soupirai, mon corps se délestait d'une certaine tension. Styx et moi étions d'accord sur toute la ligne.

— Putain, oui.

Zenith était sous contrôle de la Coalition. Nous ne disposions d'aucun garde ici, personne de notre légion pour offrir notre protection. Personne n'avait prêté serment à Styx. Ici, les règles de la Coalition s'appliquaient, comme le fait de garder la plateforme de transport ouverte à n'importe quel connard disposé à tuer ma femme. Mais sur Styx ? C'est nous qui commandions. Non, c'est nous qui *édictions* les règles. Nous pourrions veiller sur Harper et régler ce nouveau problème de Cerberus. Je jetai un œil vers l'Hyperion mort. L'uniforme.

Que faisaient ces Cerberus ici ? Piller des armes, ça d'accord. Mais s'emparer des survivants ? Attaquer une équipe de MedRec de la Coalition ? Ça ne ressemblait pas aux Cerberus. Leur chef leur donnait des missions qu'ils effectuaient en sous-marin, des assassinats de gradés. Des vols. Ils ne faisaient pas de trafic d'esclaves et n'attaquaient pas les forces de la Coalition. De plus, comment avaient-ils su que l'équipe MedRec se trouverait sur cette planète ?

Ça ne collait pas. Pourquoi attaquer Harper ? Pourquoi la suivre jusqu'ici ? Qu'avait-elle vu ? Mais putain, il s'était passé quoi, exactement ?

On n'allait pas rester là pour répondre à ces questions. D'autres combattants montèrent sur la plateforme et furent transportés. Ils disparurent instantanément. Les blessés suivraient la même procédure. On n'avait pas besoin de nous. Harper avait fait son travail et avait failli en mourir. Elle n'y retournerait pas. Hors de question. Il faudrait d'abord qu'on me torde le coup et qu'on passe sur le corps de Styx. Je connaissais assez le protocole en vigueur sur Zenith pour savoir ce qui l'attendait. Je ne laisserais certainement pas Harper se faire questionner pendant des heures par des enquêteurs de la Coalition pour la voir repartir sur le terrain. Pire encore, si on la laissait ici, elle serait la proie rêvée pour le premier traître ou tueur venu souhaitant s'infiltrer dans la station.

Qu'ils aillent se faire foutre avec leurs règles. Elle servait dans leurs rangs depuis assez longtemps comme ça. Elle nous appartenait désormais.

— On doit la sortir de là, répéta Styx. Maintenant.

— Quoi ? Où m'emmenez-vous ? demanda Harper.

— Sur Rogue 5, tu y seras en sûreté, répondis-je.

Elle me regarda d'un air courroucé, le visage contre la poitrine de Styx.

— Pourquoi ? Elle ne fait pas partie de la Coalition. Comment y serais-je en sûreté ? demanda-t-elle.

— On sera là pour te protéger, lui jura Styx. Et tu y seras en sécurité puisqu'elle ne fait *pas* partie de la Coalition.

— Mais il … est habillé comme vous.

Elle tendit le bras en direction du Cerberus mort qui avait

été jeté en bas de la plateforme de transport et gisait désormais dans un coin, en attendant qu'on en sache plus.

— Il venait de Rogue 5, c'est ça ?

Je hochai la tête, elle ferma les yeux, s'agrippa fermement au biceps de Styx.

— Alors, on ne peut pas aller là-bas.

Je me penchai et arrachai Harper des bras de Styx. Je l'enlaçai. Je la sentais pour la première fois tout contre moi. Par tous les dieux, ça faisait du bien. Elle était douce, agréable, petite.

— A moi, grondai-je.

— On va t'amener chez nous, ta place est là-bas, ajouta Styx.

— Entre nous, ajoutai-je.

— Je n'y serai pas en sécurité, pas si ceux qui ont attaqué viennent de votre planète, insista-t-elle.

— Nous assurerons *seuls* ta sécurité.

Styx s'approcha du technicien en chef.

— Envoie-nous sur Rogue 5, légion Styx, dès que t'auras un prochain créneau de transport disponible.

— On a un créneau disponible maintenant, répondit-il sans lever les yeux de son pupitre de commandes.

— T'as rien vu.

Styx attendait que le guerrier de la Coalition lève les yeux de son pupitre de commandes.

— C'est ma femme, on en veut à sa vie.

Le Prillon nous regarda Styx et moi, et enfin Harper, qui se cramponnait à moi, ses mains tremblaient malgré son air courageux.

— C'est votre femme ? Et lui votre second ?

Lorsque les Prillons se mariaient, la règle voulait qu'il y ait un mari et un suppléant, et qu'ils possèderaient leur femme ensemble. Styx et moi étions des égaux. Aucun de nous n'était relégué au second plan, même si certains pensaient que c'était effectivement le cas. On allait la posséder équitablement. On la baiserait ensemble et séparément.

Styx rétrécit les yeux.

— Oui. Et nous tuerons quiconque essaiera de nous empêcher de l'emmener.

Le Prillon esquissa un semblant de sourire, sa bouche se releva en un semi-rictus, il comprenait tout à fait que notre femme passe avant tout.

— Que les dieux en soient témoins et vous protègent.

Il avait prononcé les paroles rituelles Prillon et du menton, indiqua la plateforme de transport.

— Je ne vous ai jamais vus. J'effacerai toute trace du transport, mais allez-y. Immédiatement.

— Comment tu t'appelles ?

Le Prillon répondit :

— Mykel.

— Je m'appelle Styx, de la légion Styx, sur Rogue 5. N'hésite pas à me contacter en cas de besoin. Je te serai éternellement reconnaissant de m'avoir aidé à sauver ma femme.

Le Prillon ignora ses paroles et retourna à son pupitre de commandes tandis que je conduisais à nouveau Harper sur la plateforme de transport.

—Tu en es bien sûr ? Ils venaient de ta planète, dit-elle, d'une voix exténuée.

Je posai la main sur sa tête et l'attirai contre ma poitrine, je caressai doucement les mèches soyeuses de sa chevelure dorée, je la réconfortai.

— Aie confiance, Harper. On prendra soin de toi.

Elle avait raison de s'inquiéter. Tant qu'on ne saurait pas pourquoi Cerberus attaquait des combattants de la Coalition

—des équipes MedRec—nous serions vulnérables. La légion Cerberus, mais également leur chef, Cerberus. Il savait ce qui se tramait, ce que son peuple faisait. Il était au courant de tout.

Cependant nous serions sur notre territoire. Avec nos propres règles. Notre propre champ de bataille. Des milliers de guerriers féroces prêts à tuer pour protéger Styx, et notre nouvelle femme. Plus rien n'avait d'importance avec Harper entre nous. Seuls sa sécurité et son bonheur importaient.

Je serrai les dents, attirai Harper étroitement contre moi, je ressentais ce puissant instinct de possession.

— Quand j'en aurai terminé, Cerberus me suppliera de le tuer, dit Styx d'une voix lugubre. Il sauta sur la plateforme et nous rejoignit juste à temps pour le transport.

6

Styx, Rogue 5, Salle du Commandement de la Légion Styx

— CERBERUS NE FAIT PAS de trafic d'esclaves. Cette femme doit être une erreur.

— On ne peut pas lui faire confiance, elle est de la Coalition.

— Que fait Cerberus dans ce secteur ? Il essaie d'attirer toute cette putain de Flotte chez nous ou quoi ?

Des voix s'élevèrent en salle de réunion, ça se disputait, tout le monde parlait en même temps, une vraie cacophonie, on ne s'entendait plus.

Mais ça faisait du bien d'être chez soi, d'avoir enfin ma femme à mes côtés. De la savoir à l'abri.

Je les laissais débattre, attendant l'inévitable joute verbale à venir. Je leur avais tout raconté au sujet d'Harper, l'attaque du secteur 437, les uniformes Cerberus. Tout.

Je devais encore annoncer aux hommes et femmes présents dans cette salle de réunion qu'Harper, une femme provenant de Terre, un officier au service de la Coalition, une femme que j'avais enlevée de Zenith sans permission et sans suivre aucun protocole, était mon épouse.

Je me levai en bout de table, j'agrippai le dossier de ma chaise et attendis que le chaos retombe. J'étais indifférent à ce brouhaha, je savais que Blade était quelque part en sécurité avec notre femme, en train de la laver, de s'occuper d'elle, de lui donner à manger. D'être aux petits soins. En tant que chef de la légion, je ne pouvais pas m'occuper d'une femme autant que je le souhaitais, voilà pourquoi Blade était également en droit de la posséder.

Lorsque je ne serais pas là, car je serais appelé en mission ou car je devrais m'acquitter d'obligations, comme c'était le cas présentement, Blade serait là. Je veillerais sur elle lorsqu'il partirait au combat. À cet instant précis, je savais que j'avais pris la bonne décision, et bien que la confusion la plus totale règne, j'étais content, sachant que ma femme était en sécurité, à l'abri avec Blade.

La grosse table en pierre devant nous avait été transportée depuis la surface Hyperion jusqu'à notre base lunaire, cette connexion froide avec notre planète ancestrale ancrait nos racines dans le passé, et rappelait notre devoir envers nos aïeux. Nous devions protéger non seulement cette base lunaire, mais également les bêtes sacrées sous sa surface. La table accueillait habituellement six chaises autour d'elle, moi et cinq lieutenants. Ce nombre passerait bientôt à sept avec ma femme.

Moi qui croyais ma légion sur les nerfs—

— Styx a vu l'uniforme lui aussi. La légion de Cerberus a attaqué Latiri 4. Nous devons savoir pourquoi.

Silver était assise face à moi à l'autre bout de la table. Khon s'installa à sa droite, écoutant en silence le débat de ses yeux vert clair intelligents, les bras croisés sur son torse massif. Il arborait un visage de marbre. Il s'était rasé la tête, prétextant que ses cheveux bruns le gênaient pour sentir le vent lorsqu'il était à la surface. C'était, parmi nous tous, celui qui remontait le plus à la surface d'Hyperion pour chasser. Afin de s'assurer du bien-être de ces familles ancestrales rebelles qui vivaient là-dessus. Il était brutal et efficace, il ne se mettait pas en colère facilement. D'où sa présence sur l'une des chaises.

— Nous n'avons donc pas d'espions chez Cerberus ?

— Cerberus a tué nos deux espions le mois dernier.

Les longs cheveux de Silver — de la même couleur claire que ceux de Blade— était tressés, leurs visages étaient identiques, ils avaient la même mère. Mais la comparaison s'arrêtait là. Blade était prompt à la bagarre, se mettait rapidement en colère et pardonnait tout aussi rapidement.

Silver était une femme, une femme Hyperion. Elle haussait rarement le ton, c'était une femme stratège froide et calculatrice, tout comme Khon, assis à côté d'elle. Elle pouvait tuer de sang-froid si elle s'estimait trahie. Elle était impitoyable. Elle croisa mon regard, je serrai le poing, elle représentait une menace silencieuse. Elle était grande et forte, comme toutes les femmes Hyperion. On redoutait son avis. Sa cruauté. Comme toutes les femmes de notre planète, elle était sans pitié lorsqu'il s'agissait de protéger sa famille. Et cette légion était désormais sa famille. Son frère, Blade, mon second, et maintenant ma femme, étaient la seule famille qui lui restait.

Elle écoutait. Pour le moment. Mais je savais que si je ne parvenais pas à asseoir ma domination sur cette assemblée, l'un des quatre membres assis autour de cette table pourrait se lever en signe de défi et me ravir le titre de chef de la légion Styx. Ma seule chance de survie serait une lutte à mort. *Ma mort.*

Silver serait la première.

Khon et Silver ignoraient tout du silence menaçant des deux autres lieutenants, Ivar et Cormac. Les deux hommes ne m'inquiétaient pas. Ivar, tout comme Blade, préférait l'action à la stratégie, la rébellion à la discipline. Ses longs cheveux bruns plaisaient aux femmes, ses yeux bleu clair et sa langue bien pendue—que ce soit au lit ou en public, à en croire la rumeur—lui garantissaient de la compagnie féminine. Il aimait combattre et me laissait gérer l'aspect politique et stratégique.

Ivar suivrait les ordres de Cormac. Et Cormac m'était dévoué. Contre vents et marées. Grâce aux dieux. Il était immense, une vraie brute, même pour les Hyperion, sans doute plus semblable à nos aïeux que nous tous. Il faisait une bonne tête de plus que moi, ses cheveux noirs étaient veinés d'argent sur les tempes, non pas en signe de vieillesse, mais à cause de son métissage, l'un de ces ancêtres descendait de la même lignée animale que Silver et Blade. Il avait été recueilli, nouveau-né, abandonné à la surface, peut-être trop extraterrestre pour que la mère Hyperion qui l'avait mis au monde accepte sa différence.

Une femme de Styx l'avait recueilli, élevé, lui avait appris à se battre.

Ma mère.

C'était mon frère, il ne me trahirait jamais.

Les capitaines alignés le long du mur rendaient nerveux l'animal qui sommeillait en moi. Ils élevaient la voix, se disputaient, réfléchissaient à voix haute. Ils étaient jeunes, versatiles et parfois imprévisibles comparés à mes lieutenants aguerris. Ils pensaient sans réfléchir, ce qui expliquait qu'ils soient encore au bas de l'échelle, tant qu'ils n'auraient pas acquis l'expérience et la sagesse nécessaires.

Blade allait emmener notre nouvelle femme ici. En fait, il

était déjà en chemin. Et je ne voulais pas qu'elle court un quelconque danger. Je ne tolèrerais pas qu'on lui manque de respect.

Elle m'appartenait. Ce qui voulait dire qu'elle leur appartenait également. Leur Dame Styx. La deuxième après moi dans notre légion. Je leur demanderais de tuer pour elle. De mourir pour elle.

Et je ne l'avais pas encore possédée. Par tous les dieux, elle devait tout d'abord *accepter* cette union. Je pouvais la baiser, la mordre et faire ce que j'en voudrais. Mais je n'aurais pas son consentement. Elle devait y consentir de son plein gré.

Ma décision était prise. L'Hyperion en moi ne comptait pas reculer. Je dus me faire violence pour m'empêcher de sortir mes crocs en signe de domination rien qu'en songeant à elle.

— Elle fait partie de la Coalition, Styx. Penses-tu que ce soit bien raisonnable ?

Silver avait parlé, les voix des capitaines se calma sur le champ. J'appréciais sa sagesse, qui lui permettait de mettre sa frustration et son inquiétude de côté avant de plaider sa cause d'une voix plus calme et modérée.

Histoire qu'elle ne se fasse pas tuer.

Je me penchai, les poings serrés sur la dalle en pierre, l'odeur familière de mon univers apaisait mes sens. J'imaginais Harper allongée sur cette table, je la pénétrais de mon sexe raidi, je goûtais sa chair, entouré par cette odeur familière. Je ne verrais plus jamais cette table, cette pièce, comme avant.

Je pris une profonde inspiration, oubliai mon sexe douloureux et ouvris les yeux.

— Elle est à moi. C'est ma femme. Blade est d'accord, on la possédera ensemble dès que possible. Nous découvrirons ce que Cerberus faisait sur l'Etoile Latiri.

— Par tous les dieux, Styx, tu as perdu la tête ou quoi ? aboya Ivar, en passant la main dans sa chevelure noire. Je suis d'accord, on doit savoir ce que faisait Cerberus, ils ont toujours été malveillants. C'est pas nouveau. Mais elle ?

Je grondai en l'entendant prononcer ce mot. *Elle.* Comme un goût dégueulasse.

— C'est un officier de la Flotte de la Coalition.

Je *le* répétais inlassablement. Elle faisait partie de la Coalition. Ce n'était pas une ennemie, mais presque.

— Elle est à moi.

Silver arqua un sourcil et s'appuya sur sa chaise, elle se balança d'avant en arrière sur ses pieds, faisant fi de la gravité qui la ferait tomber tôt ou tard.

— En théorie, elle ne t'appartient pas, c'est à *eux* qu'elle appartient.

Je grognai à son adresse, sans tenter de cacher mes crocs cette fois-ci. Elle tendit ses mains devant elle en signe d'apaisement.

— Je ne suis pas en train de te défier mais d'énoncer les faits. Tu as un plan ? Un moyen de l'exfiltrer du système ? D'effacer sa trace de la base de données de la Coalition ?

— Oui. C'était déjà fait. C'était risqué, je devais une fière chandelle à un guerrier Prillon coopérant mais je ne voulais pas être plus redevable que ça, rien ne m'empêcherait de garder Harper. Rien.

— Et bien ? demanda Ivar, les yeux écarquillés, dans l'expectative. Quel est ton plan ? Qu'est-ce qu'on va faire de Cerberus ? Ils vont rameuter la Coalition à nos trousses.

— On pourrait les attraper. La voix tonitruante de Cormac emplit la petite pièce, un silence presque irréel s'abattit sur le groupe.

Un tueur à gages haut gradé de Styx proposait d'attaquer

une autre légion. Il dégaina une épée cachée sur son corps, une parmi tant d'autres, et regarda la lumière se refléter sur la lame en acier.

— Une nuit. C'est tout ce dont j'ai besoin, Styx. Paie-moi grassement et je te dégoterais des déserteurs d'Everis. De vrais chasseurs. La légion Astra m'aidera également. Elle déteste Cerberus.

Silver laissa échapper un petit rire.

— Cerberus la voulait pour femme. Elle reposa sa chaise sur ses quatre pieds et sourit. Et sur Astra, ils aiment pas trop les mecs qui veulent pas comprendre.

— C'est pas elle qu'il voulait, mais le pouvoir. Il voulait la légion Astra. Khon disait vrai, ses yeux verts s'étrécirent sous ses sourcils bruns en regardant Silver. Et ça remonte à vingt ans.

Silver haussa les épaules.

— Une femme a la mémoire longue.

— C'est la stricte putain de vérité. Ivar sourit, quelques capitaines gloussèrent dans la salle.

Si y'en avait bien un qui connaissait le fonctionnement du cerveau féminin, c'était Ivar. C'était peut-être la raison pour laquelle il excellait dans l'art d'attirer les femmes célibataires dans son lit. Il n'avait pas encore trouvé sa partenaire. Personne n'était marié dans l'assistance.

— On découvrira la vérité. Ivar, mets des hommes sur l'affaire. Sers-toi des Everiens si nécessaire. Je suis d'accord pour payer et recruter un Chasseur. Trouve ce qui se trame, putain.

Il acquiesça, la porte coulissa, c'était elle.

Tous les regards convergèrent vers ma femme qui entrait dans la pièce, escortée par Blade. Tout le monde détailla ses cheveux ondulés et brillants tombant en cascade sur ses épaules, ses yeux verts aussi perçants qu'une pierre précieuse.

Elle portait l'uniforme noir de Rogue 5, le tissu fin rehaussait ses courbes voluptueuses. Mon rythme cardiaque s'accéléra en voyant le brassard argenté autour de son bras, j'avais envie de tambouriner sur ma poitrine et de rugir face à tout l'univers qu'elle était à moi. A moi. *A moi.*

Je lui tendis la main, la tête haute, sans la quitter du regard. Blade entra derrière elle et s'assit aux côtés de Silver, avec un air de contentement que je lui avais rarement vu. Sa tension habituelle s'était envolée, son côté rebelle quelque peu dompté. Prendre soin de notre femme lui convenait apparemment parfaitement.

Ça se voyait en elle. Elle n'était plus pleine de sang et de poussière, toute trace de peur et de lassitude avait disparu de son regard. Et elle portait notre uniforme. Nos couleurs.

Ivar dévorait ma femme des yeux, je me plaçai devant elle afin de la soustraire à sa vue et grondai en guise d'avertissement, il baissa les yeux et chercha un soutien auprès de Silver, encore plus intéressée par ma femme que les autres hommes de l'assemblée. Un tiers de mes officiers étaient des femmes, leur curiosité envers cette Terrienne qui avait accompli ce qu'aucune d'entre elles n'étaient parvenues à faire—susciter mon intérêt, mon dévouement—était palpable.

Je guidai Harper vers la seule chaise libre à la table—la mienne—et la reculai afin qu'elle puisse s'asseoir. Je n'avais pas envie de me priver du plaisir de tenir sa main, je la gardai dans la mienne quand elle fut assise et m'installai derrière elle. Protecteur et gardien. Elle présidait la légion Styx, et je me tenais derrière elle. Il s'agissait d'un moment important. Je leur avais dit qu'elle était à moi, que c'était ma femme, une bonne douzaine de fois. Voire même deux. Les actes valaient plus que les mots, la voir devant moi m'empêcherait de le leur répéter une énième fois.

On aurait dit que mes capitaines avaient cessé de respirer.

Ils venaient enfin de réaliser que j'étais on ne peut plus sérieux. Jusqu'où j'étais prêt à aller. Pour elle. Pour ma femme.

— Par tous les dieux, Styx. Tu plaisantes.

Ivar était sous le choc. La perplexité la plus totale se lisait sur son visage. Je n'avais jamais eu aussi envie de posséder une femme, de l'honorer à ce point. Lui offrir mon siège autour de la table était le plus grand honneur que je puisse lui faire, et elle n'avait aucune conscience de la portée de mon geste. Ce qui n'était pas le cas de mon peuple.

Conscient du malaise ambiant, Blade fit le tour de la table et se plaça derrière son autre épaule.

— Voici notre femme. Nous tuerons pour elle, nous mourons pour elle, et nous vous demandons de faire de même.

— Elle est de la Coalition, martela Silver, répétant ses dires. Elle représente un danger.

Je vis ma femme hausser ses sourcils clairs et croiser les bras sur sa forte poitrine.

— Et les mercenaires qui ont enlevé l'équipe MedRec ? Ils n'étaient pas de la Coalition. Ils étaient des vôtres. De la *Légion*. Elle leva sa main et tapota son biceps arborant le brassard argenté. Habillés comme vous, mais rouge. Ici. Elle me regarda d'un air interrogateur du coin de l'œil. Vous êtes sûrs que *ma présence ici est opportune* ?

Même si elle n'avait pas été présente dans la pièce, Harper répéta stricto sensu le sentiment de Silver. On aurait dit que ma femme craignait qu'on ne soit pas en mesure de veiller sur elle.

Les conversations reprirent, le ton montait concernant la présence de ma femme.

Comme s'ils avaient leur mot à dire.

— Silence ! hurlai-je.

Le silence se fit, on entendait des respirations saccadées, plus personne ne tenait en place, non pas parce que j'avais choisi une épouse terrienne membre de la Coalition, mais parce qu'ils étaient embêtés de ne pas savoir à quoi s'en tenir concernant Cerberus. L'équilibre fragile avait été rompu, l'avenir était incertain. Nous étions habitués à ce que le chaos règne, mais pas parmi nous.

— Elle est à moi, lançai-je les dents serrées, les mettant au défi de dire le contraire.

— Quoi ? protesta Harper, elle essaya de se lever mais je posai une main sur son épaule et serrai doucement, avant de la déplacer jusque dans son cou. Je ne serrai pas. C'était une caresse, une démonstration d'intimité, de confiance entre nous. Elle se pencha en arrière, leva son visage vers moi, elle acceptait non seulement le contact, mais dégageait largement sa gorge.

Silver la regarda d'un sale air mais mes autres guerriers était visiblement soulagés, comprenaient totalement, de par ce petit geste entre homme et femme, le lien qui existait entre nous. Ils étaient témoins de sa magnifique soumission. Son attitude parlait d'elle-même. Elle n'était pas là dans le but d'œuvrer pour la Coalition. Nous ne voulions pas l'épouser parce que nous avions besoin d'une alliée. Non, ils voyaient bien qu'elle était faite pour nous.

— Styx? Blade? Qu'est-ce que vous faites ? Harper me regarda d'un air perplexe.

— Tu nous appartiens.

Elle secoua la tête et regarda les autres guerriers assis autour de la table, avant de contempler les autres capitaines dans la pièce. Ils la regardaient sans sourciller, attentivement, ce qui rendit ma femme mal à l'aise, elle se raidit, une certaine nervosité avait eu raison de son attitude détendue et calme.

— Il faudrait d'abord en discuter non ? Elle me regarda ainsi que Blade et Silver. En privé.

— Non. Silver parla en plantant son regard dans celui de ma femme à l'autre bout de la dalle de pierre. Si tu es vraiment sa femme, je me battrai pour toi, je te protégerai, je mourrai pour toi, mais il va falloir le prouver.

On frappa à la porte, je fis signe au capitaine le plus proche de faire entrer notre visiteur.

Silver poussa un cri en le voyant.

Il n'avait plus de nom, pas depuis qu'il endossait le rôle de sage et de conseiller, gardien sacré de l'encre avec laquelle il nous tatouait. Il avait emmené son matériel comme je le lui avais demandé, afin que Blade et moi puissions ôter le moindre doute aux personnes ici présentes et leur donner la preuve voulue. Silver réclamait une preuve, les autres aussi.

— Scribe. Merci d'être venu.

— Je vous en prie.

Il s'inclina légèrement, et tous les autres, mes guerriers inclus, se levèrent et s'inclinèrent pour le saluer. Il était très âgé, c'était déjà un vieil homme quand j'étais petit, personne ne se rappelait de son nom. Il tatouait le nom des bébés et des nouveaux membres de ma légion sur ma peau, il officiait à tous les mariages. C'était notre mémoire vivante, notre historien et mon conseiller personnel. Il était là sur mon ordre.

Il portait sa petite sacoche noire sous son bras. Que contenait-elle ? De l'encre. Des stylets d'argent. Tout le nécessaire pour tatouer une histoire immuable.

Je fis passer ma chemise par-dessus ma tête et Harper se tourna devant mon geste, ses yeux emplis de désir tandis qu'elle me contemplait, s'attardant sur les arabesques de noms imprimés dans ma peau avec une fascination que j'avais hâte de ressentir. Elle ne m'avait encore jamais vu torse nu.

— Que se passe-t-il ? Qu'est-ce que tu fais ? demanda-t-elle.

Cormac rit, c'était la première fois que je le voyais faire depuis un bail.

Lorsque Blade retira également sa chemise, le brouhaha et les murmures cessèrent aussitôt. Le scribe posa sa sacoche sur la table à côté de ma femme.

—Tu es sûr de toi, Styx ? Ce qui est fait ne peut être défait. Ses paroles officielles furent le seul avertissement que je reçus de sa part. Et de Blade. C'était permanent. Définitif.

Je regardai ma magnifique épouse, je respirai son odeur à pleins poumons et m'arrêtai enfin d'empêcher la croissance de mes canines qui n'attendaient qu'une chose, se planter dans sa peau, la marquer, la posséder, dans un accouplement frénétique. Blade avait eu la chance de goûter sa jolie chatte sur Zenith. Ce serait bientôt à mon tour de la goûter. De la baiser. De la posséder. Pour toujours. J'en avais l'eau à la bouche, je bandais.

— J'en suis sûr. Elle est à moi. J'honore cette union et accepte sa marque.

— Quelle marque ? De quoi tu parles ? Harper nous regarda Blade et moi tour à tour, visiblement perplexe. Mais Blade leva sa main au niveau de son autre épaule et répéta les mêmes paroles que moi.

— C'est ma femme. J'honore cette union et accepte sa marque.

— Quelqu'un peut m'expliquer ce qui se passe à la fin ? Harper nous regardait méchamment, de l'air agacé d'une femme contrariée par ses époux. Je lui souris tandis que le scribe sortait l'encre de son sac.

— Où dois-je apposer sa marque ? demanda-t-il.

J'avais de la place en haut du torse, à la base du cou, même mon uniforme ne réussirait pas à masquer son nom à ma légion, l'endroit était avantageusement placé pour y tatouer le nom de ma future femme. Je plaçai mon doigt au bon endroit.

— Ici, scribe. Elle s'appelle Harper.

Je posai mes mains sur la table, et me penchai afin qu'il puisse m'atteindre.

Il acquiesça et se mit au travail. Je regardai tout d'abord chaque membre assis autour de la table, leur intimant silencieusement l'ordre qu'il en était ainsi, et pas autrement. C'était officiel. Puis, je regardai Harper. Elle ne détourna pas les yeux.

L'aiguille et l'encre pénétraient profondément, la douleur faisait partie intégrante de ma fidélité. A cet instant précis, j'aurais voulu que son prénom soit plus long. La douleur et le reste me donnaient mal aux couilles, mon corps tout entier frémissait de ce désir enfoui.

L'assemblée le regarda en silence tandis qu'il finissait avec moi et passait à Blade, il allait subir le même sort. Harper nous regardait tous deux avec fascination, sans la moindre once de désir. Elle concentra toute son attention, et alors que le scribe travaillait sur Blade, posa ses doigts sur ma peau et effleura son prénom d'une main tremblante.

— Pourquoi ? Pourquoi t'as fait ça ?

Je pris sa main et la collai contre son prénom, tatoué à jamais sur mon corps.

— Parce que nous sommes faits l'un pour l'autre.

Son air abasourdi me donnait envie de l'embrasser mais elle se détourna et contempla Blade. Il lui parla par-dessus la tête baissée du scribe.

— On est faits l'un pour l'autre, Harper.

— Bon sang.

Elle nous regardait avec des yeux ronds, était-ce de la perplexité ? Elle tremblait. Elle avait pâli. Je regardai Blade.

— Tu lui as donné à manger ? aboyai-je.

— Evidemment, aboya Blade à son tour, Silver éclata de rire.

— Par tous les dieux, on va bien s'amuser. Elle se rencoigna dans sa chaise, les bras croisés et allongea les pieds sur la table de pierre en souriant.

— Je suis là, vous savez, rétorqua Harper. Je ne suis pas un animal. Je suis une adulte douée d'intelligence. Je suis tout à fait capable de m'occuper de moi-même.

— Non.

— Non.

Blade et moi répondîmes par la négative exactement au même moment, Ivar rigola en regardant Silver :

— Amusant ? C'est encore mieux que de voir nos deux meilleurs guerriers se faire couper les couilles.

Des rires secouèrent les capitaines dans la pièce, debout contre les murs, alors qu'ils observaient avec grand intérêt ce qui se déroulait.

Cette cérémonie de mariage ferait date. Etre ici, à cet instant précis, était un honneur dont ils parleraient à leurs petits-enfants.

Le tatouage terminé, Scribe prit deux barres en argent dans son sac et nous regarda d'un air interrogateur.

— Oui, répondis-je. A l'ancienne.

Blade hocha la tête, nous nous redressâmes tandis que le scribe perçait nos tétons avec les barres, la marque des hommes bel et bien mariés.

Harper bredouilla et fit mine d'intervenir lorsqu'elle comprit ce qui se passait.

— Mais … pourquoi—

— Une preuve supplémentaire de propriété. On *t'appartient*, Harper. On est à toi, tu es notre femme.

Je ne dis plus rien et elle garda heureusement le silence. Je répondrais à ses questions. Plus tard.

Je ne tressaillis même pas face à la douleur aigüe qui me parcourut par deux fois. On ne pouvait pas retirer les piercings sans arracher les chairs. Ils étaient un signe de notre fidélité, de notre loyauté envers une femme et une seule. Notre épouse. On ne pouvait pas en toucher une autre. Aucune autre femme n'aurait le droit de nous toucher.

Harper fit la grimace en signe de compassion en voyant le morceau de métal pointu transpercer ma chair mais j'accueillis la brûlure avec bonheur. La douleur. Je savais qu'elle était à moi. Pour toujours, à jamais.

Le vieil homme termina enfin, après ce qui me parut des heures. Il recula afin d'admirer son travail. Blade et moi portions le nom d'Harper tatoué sur la peau, les barres en argent indiquaient que nous lui appartenions.

— C'est terminé, dit-il

— Oui, c'est terminé.

Je regardai l'assemblée, tous chacun droit dans les yeux. Plus de questions, plus aucun doute. Harper était à moi, tous les tueurs à gage et les capitaines présents savaient exactement que je tenais à elle, que c'était du sérieux.

— Harper est à moi. J'ai choisi Blade en tant que coépoux, pour veiller sur elle et la protéger. Harper est désormais une Styx. Souhaitez-lui la bienvenue.

Les tueurs à gage se levèrent à nouveau et toute l'assemblée s'inclina, y compris Blade et le scribe tandis que je me tenais derrière elle, prêt à tuer quiconque mettrait sa parole en doute ou lui manquerait de respect.

Personne n'oserait.

Blade leva la tête vers moi, un sourire satisfait sur le visage.

— C'est terminé ? demanda-t-il.

— C'est terminé, acquiesçai-je en levant la voix d'un ton impérieux. Allez-y.

Harper bondit de sa chaise, on aurait dit qu'elle avait les larmes aux yeux alors que tout le monde la regardait et s'inclinait pour la saluer. Elle fit mine de se lever pour suivre les autres mais je la maintins en place en posant ma main sur son épaule.

— Pas toi. Elle se tourna et me dévisagea d'un air interrogateur, elle vit dans mes yeux la raison de mon geste —une faim dévorante. Le désir. La débauche.

— Mon tour est venu de te goûter.

$\mathcal{H}$*arper*

Putain. De. Merde.

C'était vachement zarbi. Pour ça oui. J'étais plus sur Zenith. Je savais que Styx et Blade étaient des sauvages mais … waouh. Pas à *ce* point. Je me dégageai de Styx et me levai, j'arpentai la pièce afin d'évacuer un trop-plein de tension. L'immense table en pierre se trouvait entre nous, je les dévisageai, ils ne me quittaient pas des yeux. Ils se tenaient devant moi, leurs larges poitrines se levaient et s'abaissaient, leur respiration était saccadée.

Leurs poitrines.

Larges. Musclées. Des abdos ciselés. Des tailles étroites. *Des tatouages.* Il ne s'agissait pas d'une simple encre sur le torse ou d'une rose avec un cœur entrelacé dans des barbelés. Non. Ils étaient recouverts de mots encrés de noir. Pas des mots. Des noms. Les noms de toute la légion recouvraient la peau parfaite de Styx. Le corps de Blade comportait moins de noms et je soupçonnais que c'était de même sur les corps des autres tueurs. Mon prénom était tatoué bien en vue sur leurs poitrines. Leur intention ne faisait aucun doute. C'était pas vraiment une bague de fiançailles mais … bon sang. C'était sexy. Ils ne doutaient absolument pas que je sois la femme de leur vie, ils en étaient intimement persuadés, ça me bouleversait, j'avais envie de les croire.

J'avais envie qu'ils me tringlent. Qu'ils me baisent.

Qu'ils me mordent.

Et puis, il y avait les piercings. J'avais déjà vu des photos de mecs avec des piercings de tétons. Des anneaux, des barres, comme eux. Blade et Styx étaient l'un clair de peau, l'autre mat. Immenses. Des extraterrestres. Leur attitude stoïque face à l'aiguille qui avait tatoué mon prénom sur leurs corps—de façon indélébile—me faisait mouiller. Ils étaient forts. Déterminés. Musclés—musclés de partout. Ils étaient trop beaux pour être vrais, mon nom était tatoué sur leur peau, ils m'avaient *dans la peau* à jamais ? Mon slip était complètement fichu.

Ils avaient affronté leurs propres dirigeants pour moi. Pas physiquement, mais je savais qu'ils en viendraient aux mains si nécessaire. Mon prénom était tatoué sur leur peau, les piercings de tétons prouvaient que j'étais bel et bien leur femme. La femme qu'ils avaient *choisie.* Moi. Parmi toutes les femmes de la galaxie, de toutes les planètes de la Coalition, de toutes les planètes, même celle-ci, aux confins de notre univers. Je contemplai les barres argentées, leur version d'une alliance, mes tétons durcirent et fourmillèrent.

— Pourquoi ne pas m'avoir mordue comme ils le réclamaient ? demandai-je, comme si les autres preuves ne suffisaient pas.

Les deux hommes me dévisagèrent tels des loups affamés devant un lapereau. Non, pas comme des loups. C'étaient des vampires, prêts à me mordre, à me posséder. A me marquer comme étant l'une des leurs.

— Comme je l'ai dit, tu es notre femme mais tu n'es pas encore prête pour le mariage, dit Styx.

L'endroit où mon prénom était tatoué sur son torse était encore rouge, irrité par l'aiguille. Comme j'étais secouriste, j'aurais sortir une baguette et soulager sa douleur mais je doutais que ce soit efficace. Peut-être qu'au final, j'aimais qu'il ressente cette douleur quelques minutes encore. Je voulais que son torse le brûle à cause de moi. Je voulais les marquer tous les deux. Je voulais qu'ils sachent qu'ils m'appartenaient.

L'idée était sauvage et animale, une pensée qu'une femme bien éduquée n'aurait jamais eue, mais c'était ainsi. Mon cœur battait la chamade, mes seins devenaient sensibles et lourds à cause de ces pensées primitives et possessives. J'étais peut-être en train de me transformer en animal. Leur eau me rendait peut-être aussi sauvage qu'eux.

— Mais alors qu'est-ce que je fais là ? demandai-je. La longue table nous séparait mais n'était pas un obstacle s'ils voulaient vraiment de moi. Ils se retenaient. Ils s'étaient retenus avec les autres aussi mais je sentais désormais la différence. Tout en douceur.

C'était étrange, pour ça oui, mais je savais d'instinct qu'ils ne me feraient aucun mal. Ils m'avaient protégée de leurs amis et membres de Styx. Ils avaient tué l'agresseur sur la plateforme de transport, discuté et négocié avec l'officier Prillon. Ils ne me feraient aucun mal.

— Tu es notre femme, répondit Blade.

Ils répétaient sans cesse les mêmes paroles, mais mon esprit continuait de se rebeller. Ma logique refusait d'accepter l'aspect définitif aussi facilement. Ces deux hommes, aussi séduisants soient-ils, avaient choisi une infirmière originaire de Los Angeles, je n'étais pas de leur planète. Tout ça ne rimait à rien.

— Mais je ne suis pas l'une des vôtres. J'indiquai la porte désormais fermée. Ils ont été très clairs là-dessus.

Styx posa sa main sur mon nom, désormais tatoué de façon indélébile sur sa peau.

—Tu es désormais l'une des nôtres. Ils le savent. Ils ont été témoins de ton prénom tatoué sur notre peau, des piercings. Il n'y a plus aucun doute. Tout le monde sera bientôt au courant.

Il s'approcha de la table, en me regardant droit dans les yeux. Je doutais qu'il détourne le regard, même si un lutin venait danser et chanter dans la pièce.

— Et mon équipe ? Et les mercenaires ? Je ne peux pas rester sur Rogue 5 et vous appartenir. Je dois les trouver, les sauver.

— Je comprends qu'on doive les retrouver, les traduire en justice, mais pas toi. Tu es secouriste, Harper, pas guerrière. Laisse-nous faire. Nous avons des contacts au sein de la Flotte. On n'oublie pas ton peuple. Fais-nous confiance. Laisse-nous faire. Débusquer nos ennemis serait trop dangereux.

— Et pourquoi ? Je peux retourner sur Zenith. J'aurai un bataillon entier pour veiller sur moi. Latiri regorge de combattants de la Coalition, il y a un nombre suffisant de guerriers pour me protéger sur Zenith. Bon sang, si c'est nécessaire, je pourrais demander à intégrer un dispensaire sur le Cuirassé Karter.

— Ils ne connaissent pas l'ennemi. Nous oui, répliqua Styx.

— Je suis en sûreté, à proximité de l'ennemi ? Je soupirai, c'était à se taper la tête contre le mur.

Styx se redressa de toute sa hauteur, son torse massif

paraissait encore plus imposant alors qu'il me dévisageait. Un mouvement effectué dans le but de m'intimider, mais en fait, j'avais envie de le toucher. De le parcourir. Le goûter.

— Comment savaient-ils que ton équipe serait sur cette planète ? Comment savaient-ils où tu étais ? Et quand ?

Ces questions me tarabustaient mais les seules réponses possibles étaient terribles. Horribles. Mon esprit refusait de les accepter.

— Non, fut tout ce que je pus répondre.

— Oui, Harper. Tu connais la vérité. Un traître se cache parmi ton peuple. On leur a dit où tu serais. Combien de gardes t'accompagneraient. Là où tu atterrirais exactement. Tu as été trahie.

— Non. C'est impossible.

Je secouai la tête et reculai d'un pas mais je n'avais convaincu personne, et moi encore moins.

— Tu es plus en sécurité ici, avec tes époux, ajouta Blade. Ivar a pour mission de découvrir la vérité. De trouver les pilleurs de Rogue 5 qui ont capturé ton équipe et de leur régler leur compte.

— Et mon équipe ? J'ai la nausée quand je les imagine morts ou transformés en soldats de la Ruche. Où sont-ils ? Je ne peux pas les oublier. On doit les retrouver.

— Ivar les retrouvera. Les sauvera. Je lui ai donné la permission d'engager des Chasseurs d'élite Everien pour les aider, ajouta Styx. Ces guerriers ne s'embarrassent pas des protocoles de la Coalition. Ils feront le nécessaire pour mettre un terme à toute cette affaire. Advienne que pourra.

J'avais déjà rencontré des Chasseurs, je savais de quoi ils étaient capables. Basée sur ce que je connaissais des membres de Styx, ils n'aimaient pas vraiment suivre les règles. Le fait de ne pas devoir suivre la voie hiérarchique les aiderait certainement. Dieu sait que le gouvernement et l'armée sur

Terre se bougeaient bien plus vite lorsque les forces spéciales intervenaient, plutôt que quand ils étaient bloqués par la bureaucratie.

— Ok. Mais je suis censée rester ici et faire ... quoi, entre temps ? Me tourner les pouces ? Attendre que la Coalition me retrouve et m'envoie croupir en prison militaire pour désertion ?

— Il n'y aura pas de prison, répondit Blade. On va régler le problème.

— Comment ? J'avais envie de rester avec eux mais je ne voyais pas comment faire pour me sortir de ce guêpier. Je ne veux pas être hors-la-loi. Je ne suis pas—là n'est pas la question—je ne peux pas vivre comme ça.

Je me connaissais assez pour savoir que ce n'était pas mon mode de fonctionnement. Si je faisais une promesse, je m'y tenais. Je n'étais pas une hors-la-loi. Je ne me rebellerais pas. J'étais secouriste, pas combattante. Et j'avais signé un contrat. J'avais fait le serment de servir la Terre ici-même, je m'étais engagée pour aider. Encore un peu du moins. Deux mois supplémentaires. Je ne pouvais pas changer mes plans. Je ne pouvais pas déserter. Combien de guerriers humains mourraient si je n'étais pas là pour les aider ?

— Tu apprendras à nous faire confiance, tu es ma femme.

Le ton de la voix de Styx était sans appel, et vu que pour le moment, je ne voyais pas comment m'en sortir, je me laissai tomber et espérai de toutes mes forces que Styx et Blade savaient ce qu'ils faisaient. Je voulais leur faire confiance. Je voulais les croire. Ils restaient plantés devant moi tout heureux, éperdus d'amour, j'avais envie de leur sauter au cou.

— On va s'occuper de toi, Harper. *Comme il faut.*

La voix grave de Blade, son regard intense, me fit plus d'effet que n'importe quels préliminaires avec un Terrien.

— Tu sais à qui tu appartiens. Styx fixa la base de mon cou, où mon pouls devait à coup sûr battre à la vitesse d'un cheval au galop, sous ma peau. Ton corps lui, sait.

Je secouai doucement la tête.

— Vous devez me mordre, non ? Je posai ma main sur mon cou. Ils auraient voulu qu'on le fasse sur le champ. Maintenant. Ils voulaient regarder.

Styx se rapprocha de nous. Il gronda. Je refusai de reculer.

— Ils ne seront pas témoins d'un geste aussi intime. Lorsque nous te mordrons, nous injecterons notre sérum d'accouplement dans ta chair, il s'agit d'un acte très intime. Je refuse de le faire en public.

Blade se joignit à nous, j'étais entre eux, ils m'encadraient. Je me sentais petite, à l'abri. Protégée, après pareille réunion.

— Je vais me transformer ?

Styx fronça les sourcils.

—Te transformer ?

Il me tourna autour afin que je sois face à lui. Il me releva le menton avec ses doigts. Blade posa ses mains sur mes épaules.

— Comment ça ?

Je ne pus m'empêcher de sourire.

— Non, je parlais de la morsure. Je vais me transformer en quoi ? En vampire qui ne peut pas aller au soleil ?

Blade me caressa la nuque. Sa caresse était si douce par rapport à sa violente diatribe d'il y a un moment.

— Il y a des vampires sur Terre ? Pourquoi tu ne pourrais pas aller au soleil ?

Je secouai la tête.

— Non. Ça n'existe pas. Ce sont des histoires. Les vampires sont immortels s'ils restent dans le noir. Ils ont des crocs, comme les vôtres.

Je souris tandis que Styx entrouvrit sa bouche, afin de me laisser apercevoir ses canines.

— Pas comme les miens. Il s'approcha jusqu'à ce que nos nez se touchent. Les miens vont te mettre le feu au corps. Nos morsures vont te procurer des orgasmes à répétition pendant qu'on te baisera.

Mes genoux flageolaient ? Parce que bon sang, ils étaient bandants. Mais je voulais en savoir plus concernant cette histoire de morsure.

— Un vampire est incroyablement fort et rapide. Ils survivent grâce au sang humain, mais ils ont une faiblesse. La lumière du soleil les tue.

Tandis que je leur donnais des explications concernant les vampires, Styx haussa ses sourcils bruns et esquissa un sourire.

— Si un vampire mort un humain, l'humain devient l'un des leurs.

— On n'est pas comme tes vampires, dit Styx. Notre morsure te transformera en rien du tout, tu resteras telle que tu es. Nous sommes forts et rapides, mais pas immortels. Notre morsure contient un sérum d'accouplement. Lorsqu'il pénètre dans ta peau, il affecte tes cellules, mais pas de la façon que tu as indiquée. Tu ne deviendras pas comme nous.

Blade plaça mes cheveux de côté afin de m'embrasser dans le cou.

— Tes sens seront exacerbés, tout ton corps sera en éveil. Tu ressentiras la moindre caresse, ton corps sera si sensible, si à l'écoute, que tu vas te tortiller de plaisir et nous supplier dès que nous te pénétrerons avec nos bites en érection.

Ses lèvres m'effleurèrent, les pointes de ses canines m'égratignèrent délibérément.

— Tu mourras d'envie de nos caresses, ce sera réciproque.

— Tout comme je meurs d'envie de te posséder à cet

instant précis, ajouta Styx. Je n'ai que ton goût sur mes doigts, je réclame mon dû. J'en ai besoin.

Je me souvenais de Blade à genoux dans le couloir de la station Zenith, sa langue experte, la façon dont Styx m'avait tout d'abord branlée avec ses doigts. Les avait léchés. Oh oui, c'était trop bon.

— Vous allez me mordre ? Maintenant ? demandai-je avec appréhension. Si ça voulait dire avoir des orgasmes équivalents à ceux qu'ils m'avaient procurés dans le couloir, j'étais partante. Tout ça ne datait d'à peine quelques heures ? Mais je n'étais pas une idiote, l'enjeu était plus important que ce qui se passait entre nous.

— Et la Coalition ? Ils vont forcément me chercher. Que va-t-il se passer si je ne retourne pas à mon poste ? Il me reste deux mois à tirer. Je ne peux pas partir maintenant.

Styx secoua la tête en contemplant mes lèvres.

— Je sais, Harper. On va régler ce problème. Je te promets que tout va bien se passer. On ne te mordra pas tant que tu ne seras pas prête pour l'accouplement. Je te promets, femme, que lorsque tu seras prête, tu nous supplieras de te mordre.

— Les autres savent que tu nous appartiens, ajouta Blade. Les piercings prouvent à eux seuls, à toute la légion, ton importance à nos yeux. C'est le signe extérieur que nous t'appartenons. Tout comme les marques de nos morsures— lorsque le moment sera venu—seront notre marque visible sur toi.

Je regardai en douce le torse de Styx, les piercings argentés qui disparaissaient dans ses tétons, la blessure avait rendu la chair rouge et enflée. Je voulais lever ma main, toucher la petite barre, l'effleurer du doigt. Non, je voulais les sucer et regarder sa réaction, lécher la zone sensible mais je n'osais pas.

— Ça fait mal ?

— Je supporte la douleur, femme. Ça me rappelle que tu es ici avec nous, que tu nous appartiens.

— J'ai pas envie d'avoir des piercings aux tétons. Je vais devoir le faire moi aussi ? Je redoutais la réponse. Je n'avais pas envie que le vieil homme revienne et me fasse la même chose.

Styx me sourit et secoua doucement la tête.

— Personne ne touchera tes seins, nous exceptés. Personne ne te fera du mal. Pas tant que tu seras à moi.

Ses yeux s'étrécirent, un vrai mâle alpha qui venait de faire sa déclaration, comme si ses affirmations avaient force de loi. Et voilà, j'avais de nouveau l'impression d'être le petit lapin face au grand méchant loup affamé. Une proie. J'étais la proie. Mais je ne voulais pas m'enfuir. Je voulais qu'il m'attrape.

— On te mordra ultérieurement. Pour le moment, on va s'occuper de te rappeler que nous sommes tes époux en te donnant du plaisir. La voix de Styx baissa d'une octave, son ton me fit frissonner.

— Oh, dis-je. L'idée me plaisait plus que les piercings de tétons.

— A mon tour de te goûter.

Je réprimai à peine mon embarras lorsque Styx me souleva et m'installa au bord de la table. Il posa une main sur ma poitrine et me poussa afin que je m'allonge sur la surface dure.

— Styx ? demandai-je.

Chacun d'eux attrapa un pied, retira ma chaussure et la fit tomber par terre. Ils retirèrent mon pantalon ensemble.

Blade grogna tout en se débattant avec le tissu au bas de mes jambes.

— Tu ne mettras plus de pantalon. On doit pouvoir accéder à ta chatte librement.

— Je ne peux quand même pas me balader à moitié nue ! protestai-je, sans faire mine de protester tandis qu'ils me posaient au bord de la table, écartant volontairement mes jambes en grand. Ma chatte était totalement béante et bien en vue. La vue était *imprenable.*

— Bien sûr que non, répondit Styx, en ôtant une chaise du milieu, sans me quitter des yeux. On ne te laissera pas sortir de nos appartements.

Il s'agenouilla, je pris appui sur mes coudes pour le voir. Chacun d'eux posa sa main sur mon coup de pied.

— Sauf que je ne suis pas dans vos appartements pour le moment, répliquai-je, devant l'évidence.

— Je veux sentir mon goût sur ta langue. Sa main glissa à l'intérieur de ma cuisse nue, il effleura ma vulve gonflée.

— Tes cris résonnent à mes oreilles.

— Mes cris ? demandai-je en me cambrant tandis qu'il m'explorait du bout des doigts.

— Oh, tu vas hurler. Je ne te lâcherai pas tant que tu n'auras pas hurlé.

Les paroles de Styx étaient une promesse, je m'allongeai sur la pierre froide alors qu'il plaquait sa bouche contre moi et me goûtait.

Je me tortillai en quelques secondes, mes hanches rencontraient sa langue.

— Je t'avais dit qu'elle était douce, dit Blade. Et sensible.

Styx gronda tout en suçant mon clitoris et glissa un doigt en moi.

— Oh mon dieu, je gémis.

J'étais trempée. Je le sentais, et j'étais certaine que Styx également. Le son de sa bouche sur moi emplissait la pièce.

J'essayais d'agripper la table, mais je n'avais aucune prise, mes doigts étaient en sueur.

Styx releva la tête, je poussai un cri.

— Chuut, dit tranquillement Blade, sa main calleuse montait et descendait le long de mon mollet. Il va s'occuper de toi.

Je le croyais, mais je ne pensais pas y survivre. J'étais à deux doigts de jouir quand Styx recula. L'enfoiré.

Je sentis quelque chose se presser contre mon cul tandis qu'il glissait son doigt dans mon vagin. Un doigt expert.

— Styx ! hurlai-je.

— T'as dit que t'avais déjà couché avec deux mecs, dit-il, sa voix me parvenait entre mes cuisses grandes ouvertes. T'as déjà testé la sodomie ?

Son doigt fit le tour de mon anus et le pressa doucement mais sûrement. Mon corps résista instinctivement mais je connaissais le plaisir qui m'attendait et cédai, le doigt s'enfonça jusqu'à la première phalange.

Je hochai la tête tout en me contractant.

— Parfait, comme ça on n'aura pas besoin de t'apprendre les bases.

Blade palpa ma jambe et Styx baissa la tête, il prit mon clitoris dans sa bouche et le suça fermement.

Styx ne me goûtait pas. Il me sautait carrément dessus. Je ne pouvais pas me retenir, le plaisir était trop intense. Sa langue experte s'occupait de mon clitoris, son doigt et son pouce effectuaient des mouvements de va-et-vient imitant celui de leurs bites. Ils allaient me posséder ensemble, ils savaient que j'avais déjà testé. Au lycée, je sortais avec deux mecs, des colocs de dortoir. On s'était bien amusés tous les trois, assez pour imaginer que coucher avec Styx et Blade serait excitant au possible.

J'aimais ce qu'il était en train de me faire. Non, j'aimais

pas. *J'adorais*. Je ne pouvais pas me retenir. Styx ne me le permettrait pas.

Mon corps était tendu comme un arc, ma peau était brûlante, je ne pensais plus à rien. Le plaisir me submergeait, coulait dans mes veines, j'explosais. Je jouis en hurlant. Violemment. Si violemment que je défaillis presque. Mes doigts et mes orteils fourmillaient.

Une fois ne leur suffisait pas car même si Styx cessa ses caresses tandis que je jouissais, il ne s'arrêta pas pour autant. En fait, à la seconde-même où je soufflai bruyamment et retombai sur la table, il remit ça. Je jouis de nouveau presque sur le champ.

Et encore.

Il se leva, me prit par le bras et me jeta sur son épaule. J'étais en nage et surexcitée.

— Styx ! Où tu m'emmènes ? demandai-je, en sentant l'air frais sur ma chatte gonflée et bien humide.

— Dans nos appartements, pour te tringler.

— On va nous voir, répliquai-je. J'avais du mal à tenir des propos cohérents après cette décharge de plaisir mais je n'avais pas envie qu'on me voit. Ni envie de me balader dans les couloirs les fesses à l'air.

— Nos appartements privés sont juste à côté, répliqua-t-il.

Je remarquai alors que nous n'empruntions pas la porte que j'avais franchie avec Blade, mais une autre que je n'avais pas remarquée.

— Pourquoi on n'est pas entrés en salle de réunion par-là ? demandai-je à Blade.

Styx donna une tape sur mes fesses nues pour rigoler, la fessée s'ajouta au regain de sensations exacerbées qui déferlaient dans mon corps.

— Ce sont nos appartements privés. Personne n'a le droit

de savoir à quoi ils ressemblent. Personne hormis toi, Blade ou moi n'a le droit d'y entrer sans permission, sous peine de mort.

— Quoi ? Il se foutait de moi ? C'est dingue.

Il me jeta sur le lit, je rebondis, ils se retrouvèrent sur moi. Ils retirèrent ma chemise et mon soutien-gorge sans que j'aie le temps de dire ouf.

— C'est Styx. Blade souriait. Il aime bien avoir son intimité.

Il se pencha et suça mon mamelon un moment, avant de relâcher le téton sensible. On aurait dit qu'il lui disait bonjour.

— J'ai cru qu'il nous faisait un excès de zèle mais je lui donne finalement raison. L'idée qu'on puisse entrer dans nos appartements quand tu es nue et dans notre lit me déplaît.

— C'est là que nous comptons te garder. Styx se tenait au bout du lit, il me regardait sous tous les angles d'un air affamé. Parfait. Pile à l'endroit où on voulait.

Le lit était immense, somptueux, tout noir. J'avais à peine regardé la pièce depuis qu'il m'y avait emmenée. Des meubles sombres, massifs, plein de coussins partout. Une impression de confort s'en dégageait, une abondance d'attentions jusque dans les moindres détails. Comme dans cette chambre.

Tout chez Styx respirait l'efficacité, la rigueur, ce qui m'entourait était l'exact opposé. Douceur. Volupté. Confort. Styx avait une personnalité plutôt rude, son intérieur était très doux et cocooning, semblable au caramel fondant de mon bonbon préféré.

8

JE N'AVAIS JAMAIS EU d'érection pareille. Notre femme était parfaite. Sublime. Courageuse. Passionnée. Volontaire. Sensée.

Différente.

Qu'elle se préoccupe de son équipe MedRec m'inspirait d'autant plus de respect. Si elle croyait être la seule à vouloir se lancer à leur recherche pour les retrouver et affronter Cerberus et leurs putains de plans foireux, elle se fourrait le doigt dans l'œil jusqu'à l'omoplate.

Ivar et les Chasseurs découvriraient la vérité. Nous devions les laisser faire à leur guise, ils savaient ce qu'ils faisaient. Entre temps, nous apprendrions à connaître Harper.

Elle n'était pas comme les femmes Hyperion. Elle n'était pas comme Katie, la seule femme que je connaissais originaire de la Terre. Katie était vierge, sans aucune expérience, célibataire. Son mari Bryn, lui avait enseigner le b-a ba du plaisir, tout doucement, la limite entre la séduction et la crainte était ténue.

Je n'avais pas envie de me retenir. Je n'avais pas envie de faire attention. Je voulais dévorer notre femme. Repousser ses limites. Voir jusqu'où elle pouvait aller sans succomber à l'orgasme. Des idées me venaient à l'esprit, des images de notre femme dans différentes positions, se tortillant, trempée, en train de nous prendre tous les deux, j'étais reconnaissant envers les dieux, Harper n'était pas vierge.

Pas du tout. Je savais que certains préféraient jouer la carte de l'innocence, voulaient être les premiers à déflorer le sexe de leur femme, d'autres étaient envieux de leurs amants précédents, la jalousie les taraudait. Je frémissais en mon for intérieur. Les Terriens avec lesquels Harper avait couché n'était que du menu fretin. Ils ne comptaient pas. C'étaient des *zéros*, ce n'était ni moi, ni Styx.

Elle avait de l'expérience mais elle n'avait jamais joui aussi facilement ni avec autant de bonheur avec ses amants par le passé. Je n'avais aucune preuve, mais je le savais, point barre.

Harper nous appartenait. Elle avait déjà couché avec deux hommes, elle avait déjà testé la sodomie. Elle savait à quoi ça ressemblerait avec nous—dans l'idée du moins. La réalité avec Styx et moi serait totalement différente.

On n'aurait pas besoin de se retenir, de faire preuve de douceur puisqu'on savait qu'elle aimait la brutalité. On pourrait y aller avec force, explorer sa soumission en profondeur sans se préoccuper des craintes ou des doutes d'une vierge effarouchée.

On était des sauvages. On n'était pas le genre d'hommes qui apprenait à une femme comment baiser.

Non. On avait bouffé la chatte d'Harper, on l'avait faite jouir, mais on l'avait pas encore tringlée. On n'avait eu droit qu'à l'entrée, le plat et le dessert des délices sexuels nous attendaient.

Vu sa façon de nous regarder Styx et moi, nue et consentante sur le lit, il était évident qu'elle en avait autant envie que nous. Elle était petite, elle faisait trente bons centimètres de moins que nous. Sa peau claire arborait un joli rose qui s'étendait sur ses joues, son cou et la courbe de ses seins. Et ses seins ?

Putain.

De bonne taille, ils tenaient parfaitement dans la main. Je le savais depuis la fois où je les avais pelotés dans le couloir de la cafétéria mais elle portait son uniforme. Maintenant ils étaient nus, je voyais ses tétons rose foncé dressés. Ils ne demandaient qu'à ce qu'on joue avec, qu'on les pince, qu'on les suce, qu'on les lèche, voire qu'on les ligote. Elle n'était pas musclée à l'extrême comme la majeure partie des femmes Hyperions, de vrais sacs d'os. Non, elle avait des formes voluptueuses, un ventre à peine bombé, des hanches pleines et larges. Et un cul qui ferait un merveilleux coussin pour mes hanches quand je la sodomiserais.

Je grognai en songeant à la fessée, à l'empreinte de ma main sur son cul. La sodomiser, tringler sa chatte en agrippant ses hanches. Sodomiser ce cul qui n'attendait que moi.

— Tu nous fais confiance pour qu'on te procure du plaisir ? demandai-je en ôtant mon bipeur de mon poignet et en le jetant sur la table la plus proche. Ma patience—de plus en plus infime, tandis que je contemplais Styx s'occuper de sa chatte—avait disparu.

J'avais tellement envie de me la faire que j'en avais mal aux couilles. Mes mains rêvaient de sentir sa peau douce et chaude.

Elle me regarda, les lèvres entrouvertes, ses grands yeux

emplis de désir et d'envie. Elle savait qu'on n'avait pas encore terminé, même si elle avait déjà joui trois fois.

— Oui, dit-elle, en s'agenouillant, les yeux à hauteur de ma poitrine.

Les piercings palpitaient, mais pas autant que ma bite.

— J'ai…j'ai envie de te toucher.

J'écartai les mains le long de mon corps en souriant.

— Je suis tout à toi.

Styx rigola et ôta ses bottes.

— Ne t'inquiète pas, ma belle. Fais à ta guise. Comme tu veux.

— Je sais pas pourquoi mais j'ai envie de mettre vos piercings dans ma bouche, avoua-t-elle, ma bite palpita dans mon froc. Ils sont tout chauds mais je suis infirmière. Je ne voudrais pas qu'ils s'infectent.

Styx s'approcha du mur, ouvrit l'une des portes et en sortit une baguette ReGen. La lumière bleue s'alluma, il la passa sur un piercing, puis l'autre, il me la tendit pour que je fasse de même. La blessure minime cicatrisa en l'espace de quelques secondes.

— Voilà. C'est guéri.

Il se dirigea au bord du lit et s'assit, tournant le dos à la tête de lit et aux coussins. Ses jambes repliées pendaient sur le côté afin de ne pas gêner Harper.

— On est tout à toi.

Une fois que j'eus terminé, je posai la baguette à côté de mon bipeur et me postai au pied du lit, hors de sa portée. Les mains ballantes. J'attendais.

Elle regarda Styx derrière elle et moi. Elle me choisit en premier, peut-être parce que j'étais plus près d'elle, je m'approchai afin qu'elle puisse lécher le métal enfoncé dans ma chair.

Il m'était presque impossible de m'empêcher de la toucher, de la jeter sur le lit à côté de Styx et de la sauter.

— Ça te plaît ?

Elle posa ses mains sur ma poitrine pour rester en équilibre. Elle gémissait, je le ressentais jusque dans mes couilles.

— J'ignorais que les piercings pouvaient être aussi excitants sur un mec, murmura-t-elle.

Sa bouche était douce et humide, sa langue me léchait, elle tirait aussi un peu dessus. Lorsqu'elle passa à l'autre piercing, je la laissai jouer encore un peu et décidai d'y mettre fin. J'empoignai ses hanches et la jetai sur le lit.

Elle rebondit, ses seins ballotèrent, ses jambes étaient grandes ouvertes.

Styx bondit sur l'occasion pour lui sauter dessus, il grimpa sur elle et l'embrassa, lui arrachant un cri de surprise. Il écarta ses genoux, ménageant de la place pour ses hanches entre ses cuisses ouvertes.

Il embrassa sa mâchoire, son cou, égratigna de ses dents l'endroit où il la mordrait ultérieurement, descendit jusqu'à ses mamelons.

— On aime bien aussi les mamelons, dit-il avant de prendre un téton tout dur dans sa bouche. Il tira dessus tant et si bien.

Je vis son dos se cambrer et ses doigts se fourrer dans ses cheveux tandis que j'envoyais valser mes bottes et mon pantalon. Ma verge pointait vers elle comme si elle savait exactement dans quelle direction aller.

Harper.

— Je croyais … je pensais que je pourrais m'amuser un peu, répondit-elle, la voix rauque, les yeux mi-clos.

Styx se retira et la surplomba.

— On va jamais y arriver si tu fais que penser.

Je m'assis au bord du lit, fourrai mes mains sous ses bras et la soulevai. Styx se déplaça, me permettant de l'allonger afin que son dos repose sur mon torse. Elle était installée sur mon dos, les jambes écartées, ma bite était nichée entre ses fesses.

— Ça va être du rapide, femme. On te laissera faire ce que tu voudras la prochaine fois, on a trop envie de te pénétrer par tous tes orifices étroits.

Sa déclaration me fit rire, lorsque que je passai mon pied autour de sa cheville pour la forcer à écarter les jambes davantage.

— On a trop hâte de te baiser. Pénétration vaginale ou sodomie, répondis-je en plaquant mes hanches contre elle afin qu'elle sente ma bite dure.

Elle poussa un gémissement tandis que Styx s'approchait et s'installait entre ses cuisses, agrippait la base de sa verge et la glissait entre les plis de sa vulve béante.

— Ou ta bouche, ajouta Styx. On va commencer par ta chatte. T'es prête ?

Elle hocha la tête contre ma poitrine, ses cheveux étaient doux comme de la soie.

Styx n'hésita pas, il se plaça dans l'axe et la pénétra d'un coup d'un seul.

Les yeux toujours fermés, il grogna alors que sa bite disparaissait à l'intérieur de notre femme. Harper se cambra et appuya sa tête contre moi. J'agrippai l'arrière de son genou et l'écartai davantage afin que Styx ait l'espace nécessaire.

Il la tringlait à quatre pattes. Sauvagement. Ses seins se balançaient, elle laissait échapper de petits cris de plaisir tandis qu'il la pénétrait.

— Si étroite. Si humide. Parfaite, dit Styx.

Il la défonçait tout en lui parlant crûment.

— C'est bon ? demandai-je, mes lèvres effleuraient la courbe de son oreille.

— Trop bon, répondit-elle.

— Notre femme aime la brutalité.

Styx sourit, trop absorbé par son propre désir pour rétorquer.

— Tu vas jouir, Harper, lui ordonnai-je.

Elle m'aurait certainement regardé de travers à cause de mon côté dominateur si elle n'était pas en train de se faire démonter mais je savais qu'elle aimait ça. Surtout maintenant qu'on lui donnait exactement ce dont elle avait besoin. Elle était en sécurité entre nous deux, libre d'éprouver ce qu'elle voulait, de dire ce qu'elle voulait, de jouir. Même si notre partie de jambes en l'air était endiablée, sauvage, torride.

Elle ne cria pas cette fois-ci. Elle retint sa respiration, son corps se contracta contre le mien tandis qu'elle jouissait. La sueur perlait sur sa peau, on était tout glissants, la sentir glisser contre mes tétons arborant mes nouveaux piercings me donnait envie d'éjaculer, la semence s'écoulant de ma bite coulait sur son cul.

J'imaginais la sensation de la chatte d'Harper en train de se contracter sur la bite de Styx pendant qu'elle jouissait, qu'elle en extirpait tout le jus. Il jouit lors d'un violent coup de rein et poussa un grognement. On voyait ses canines, il pencha la tête tout en la pilonnant.

Leurs respirations étaient saccadées, ils essayaient de reprendre leur souffle tandis que ma bite continuait de dégouliner de sperme. J'avais besoin de me sentir en elle. Maintenant.

Styx se retira et s'allongea, posa sa tête sur les coussins. Il enlaça Harper et l'attira en avant, la changea de sens afin qu'elle le chevauche, à quatre pattes, elle le regardait pendant que je me repaissais de la vue magnifique par derrière. Dans ma position, j'avais une vue plongeante sur son sexe béant, le sperme de Styx s'écoulait des petites lèvres toutes rouges et gonflées de sa vulve. C'était pas cet orifice qui m'intéressait mais celui placé plus haut, celui qui avait déjà été sodomisé, qu'elle avait préparé pour nous. Pour cet instant précis. Je me penchai et attrapai le lubrifiant sur la petite table de chevet, près du lit. Pendant que je m'occupais de donner le bain et de nourrir Harper, Styx avait fait bien plus qu'apaiser nos guerriers, les chefs de la légion.

— J'adore ta chatte, dis-je en grimpant sur le lit et en m'installant sous elle. Mes couilles se contractèrent douloureusement lorsque j'ouvris la bouteille de liquide visqueux. L'attente était à la fois une bénédiction et une malédiction. Délicieuse. Douloureuse.

— Mais j'aime bien ton cul aussi. Je vais sodomiser ton autre orifice. Si tu souhaites t'y opposer, c'est le moment ou jamais.

Elle se tourna et me regarda enduire ma bite de lubrifiant.

Elle me regarda en se mordant les lèvres, elle me jaugeait, se demandant peut-être si ça rentrerait. Ça rentrerait.

— Tu vas jouir avec ma bite dans ton cul. Je te le promets.

J'étais prétentieux, assurément. Je connaissais ma femme, je savais ce qu'elle voulait. Ce dont elle avait besoin.

Sans réponse de sa part, j'administrai une claque sur ses fesses charnues.

Elle sursauta, ses seins tressautèrent.

— Oui ? demandai-je.

— Oui, répondit-elle en baissant ses avant-bras, sa poitrine se pressait contre Styx tandis qu'elle levait le cul bien en l'air. Pour moi. Une invitation.

Putain.

Styx fourra ses mains dans ses cheveux et l'embrassa, il la maintenait en place, il la dévorait tandis que j'enduisais rapidement ma queue de lubrifiant et que mes doigts glissants préparaient son anus. Je glissai un doigt à l'intérieur, je la regardais agripper les couvertures, pousser un cri contre les lèvres de Styx.

Styx descendit et s'empara de ses fesses, il les écarta, les ouvrit pour moi. Elle poussa un gémissement, il dévora sa bouche, en véritable assaillant.

Mes couilles se contractèrent, je gémis. J'avais envie de la pénétrer. Maintenant.

J'ôtai mon doigt et plaçai ma bite devant son orifice. Je m'y enfonçai.

Je regardai ses mains, son dos droit, sa respiration alors que je la pénétrais doucement. Elle était étroite mais savait se détendre, s'empaler, mon gland dilaté s'enfonça en elle. Elle arrêta d'embrasser Styx et se cambra. Sanglota.

— Branle son clitoris, Blade. Branle son clitoris et tire sa tête en arrière. Je veux goûter l'endroit où sa chair va porter la marque de notre morsure.

Styx parlait d'une voix rauque, exigeante, il glissa ses propres mains sur son corps pour titiller ses mamelons, les tirer, les pincer, jouer avec. J'obéis à ses ordres, je plongeai ma main dans sa chevelure et tirai doucement sa tête en arrière, elle se cambra, exposant son cou tendre et élancé vers Styx.

Il se pencha, plaqua sa bouche dans son cou, non pas pour la mordre mais pour l'exciter. Son anus très étroit se contracta si violemment autour de ma bite que je me figeai et gémis, j'avais peur de bouger, peur de perdre mon sang-froid.

De ma main libre, je trouvai son clitoris en érection, le titillai doucement du bout du doigt tout en commençant à onduler. Dedans. Dehors. De plus en plus profondément. Je ne la baisais pas sauvagement comme Styx lors de sa pénétration vaginale, je me glissais lentement en elle. Elle se contracta et m'enserra comme dans un étau. J'allais pas tenir bien longtemps mais j'allais m'enfoncer jusqu'à la garde avant d'éjaculer tout mon sperme.

— Putain, t'es parfaite, Harper. Tu m'accueilles à merveille. Jouis pour moi, prends-moi en toi.

J'effectuai des mouvements de va-et-vient, tout doucement, j'enduisis son orifice étroit de lubrifiant, je voyais mon sexe disparaître et ressortir sans relâche.

Je sentis mon orgasme monter crescendo à la base de mon dos, mes orteils se contractèrent. Mon sperme gicla de mes couilles, j'agrippai ses hanches, je me cramponnai fermement à elle tandis que mon sperme laissait sa marque.

Sa chatte et son cul nous appartenaient. Elle jouit de nouveau, la tête rejetée en arrière, les parois de son vagin se contractèrent, elle m'entraînait de plus en plus profondément en elle, sa bouche s'ouvrit en un cri silencieux tandis que Styx la maintenait en place en la mordant presque, je savais qu'elle ne se retenait pas.

Toutes les apparences étaient pourtant contre elle. Une bataille nous attendait avec des ennemis connus et inconnus.

Nos vies se basaient désormais sur une seule constante. Notre plaisir.

Harper.

———

Styx, Une Semaine Plus Tard

— C'est le prix à payer lorsqu'on gouverne Styx, marmonnai-je en examinant la pièce du regard.

La base lunaire comptait cinq légions, une légion centrale devenait une zone neutre utilisée lors des réunions. Aucune légion n'avait le dessus sur l'autre. C'était le seul et unique terrain neutre que personne ne dirigeait. Mais aucun chef—à notre époque—ne s'était jamais marié. Jusqu'à aujourd'hui.

L'évènement devait se dérouler ici-même, dans cette grande pièce. La table ronde située au centre avait été enlevée afin que tout le monde puisse parler librement.

Parler. L'idée-même m'agaçait. Vingt guerriers provenant des différentes légions de Rogue 5 occupaient déjà ce petit espace. La moitié étaient mes guerriers, je savais que d'autres étaient attendus.

Parler. J'allais devoir faire la conversation à des gens que je ne connaissais pas et dont j'avais rien à foutre, tout ça à cause de ce putain de protocole. Il faudrait que j'annule cette règle.

On savait que des membres de Cerberus avaient failli tuer Harper, je voulais les voir de près. Cette réunion se déroulerait en terrain neutre, c'était le lieu idéal. Chaque jour, Harper nous demandait si on avait retrouvé les mercenaires qui avaient enlevé les MedRec, si on savait où se trouvaient ses coéquipiers. Et chaque jour, je lui répondais par la négative. Je serais certainement surpris d'entendre les versions d'Ivar ou des Chasseurs. Les Cerberus se trouvaient sur Rogue 5 ; ils n'auraient pas besoin d'aller bien loin pour trouver la vérité. Mais c'étaient des Chasseurs, et la vérité était parfois longue à venir. Il fallait enquêter. Peut-être que la vérité était tout autre que celle à laquelle Blade, Harper ou moi nous attendions.

Je voulais la connaître cette vérité, peu importe le temps que ça prendrait. Entre temps, je devais tout faire pour que ma femme ne sombre pas dans la colère, la peur ou l'inquiétude. Baiser semblait la distraire, mais je ne voulais pas que baiser ne soit qu'une vulgaire distraction à ses yeux.

Harper était déjà passée par là, je devais me coltiner à

mon tour cette putain de réception et me contenir. Je voulais aussi leur présenter ma jeune épouse. L'exhiber tel un trophée. Elle était à moi, elle était parfaite, personne ne l'aurait, hormis Blade et moi.

— Tu aimes les réceptions, répondit Blade. Il se serait pris mon poing dans la gueule si je n'avais pas saisi son air sarcastique. Surtout en voyant son rictus.

On s'écarta, tout le monde se parlait, se mélangeait, bien que chacun reste finalement dans son camp, les brassards colorés arborés par tout un chacun constituaient des légions bien différentes.

Nous étions les hôtes d'honneur mais tous les regards étaient braqués sur Harper. C'était la première épouse d'un chef de la légion qui ne soit pas une Hyperion, d'aussi longtemps qu'on s'en souvienne. C'était rare, une surprise totale. Bon sang, pour moi aussi c'était une surprise totale ; je ne m'étais pas rendu sur Zenith pour me trouver une femme mais par tous les dieux, j'étais revenu avec une épouse.

Qu'elle soit Terrienne suscitait une certaine curiosité.

On murmurait, des rumeurs couraient concernant notre rencontre. Pourquoi l'avoir choisie elle—comme si on avait eu le choix. Ils la regardaient comme une petite nouvelle, ce qui était le cas, mais remarquaient aussi que l'absence de morsures à la base de son cou prouvait qu'on n'était pas encore officiellement mariés.

J'arracherais la langue de ceux qui oseraient insinuer que notre seul but était de l'utiliser pour la renvoyer ensuite sur sa planète, il était hors de question que notre femme l'apprenne. Je le savais pertinemment mais je refusais de m'abaisser à discuter. Je n'avais rien à prouver. Seule la morsure de son mari, de ses maris en l'occurrence, leur clouerait le bec et ferait taire les mauvaises langues.

Elle savait pourquoi on l'avait tringlée tout au long de

cette semaine, mais on l'avait pas encore mordue. On lui avait dit avant même qu'on la baise qu'elle nous supplierait qu'on la morde. Pour le moment, on lui avait procuré du plaisir, prouvé notre désir. Notre envie.

Trois membres d'Astra arrivèrent, nous observèrent, moi et Blade depuis l'entrée, en hochant la tête. Puis, ils se concentrèrent délibérément sur Harper qui se tenait entre nous.

— Vous n'êtes pas en train de vous faire reluquer des pieds à la tête, chuchota Harper en attrapant ma main.

Je la savais nerveuse, anxieuse même depuis l'attaque de Zenith. Certains membres portant un brassard rouge se trouvaient dans la pièce. Le fait qu'elle soit là, entre nous, prouvait la confiance qu'elle nous accordait, elle savait qu'on la protégerait d'une quelconque agression. Au péril de nos vies.

Je vis le désir briller dans le regard d'un des hommes Astra lorsqu'il croisa ma femme. Je ne pouvais pas lui en vouloir, elle était d'une beauté exceptionnelle. Elle était resplendissante. Ses lèvres charnues étaient gonflées après des heures passées à s'embrasser. Elle avait l'air bien baisée, comblée, elle rayonnait de bonheur.

Blade l'attira étroitement contre lui en passant un bras autour de sa taille mais elle ne me lâcha pas, elle ressentait la tension qui régnait dans la pièce.

Ces personnes n'étaient pas mes amis. Ce n'était pas pour rien que mes guerriers étaient présents, assurément.

Je ne voulais pas courir de risque avec la sécurité d'Harper. Je ne la connaissais que depuis une semaine, il fallait qu'elle continue à vouloir de moi. Pourtant, je savais déjà que sa perte m'anéantirait.

9

*S*tyx

— Tu es la star de la soirée, Harper. Cette réception est organisée en ton honneur, lui dit Blade, bien qu'elle le sache.

La soirée avait été organisée dès qu'Harper avait posé le pied sur la base lunaire. Les légions ne s'entendaient pas vraiment bien entre elles mais la coutume exigeait que la nouvelle épouse soit présentée aux chefs et subalternes de chaque légion, il était hors de question d'y déroger. Il fallait veiller à maintenir un certain équilibre, même si les Cerberus l'avaient sévèrement écorné en pourchassant Harper. J'avais entendu Ivar dire à plusieurs reprises, qu'ils menaient l'enquête, suivaient des pistes. Rien de tangible à annoncer à Harper. Rien qui empêcherait cette réception d'avoir lieu. Je détestais bavarder mais je devais saisir cette occasion pour obtenir les réponses qu'Ivar n'avait pas encore obtenues. Et affronter Cerberus en personne.

— Deux heures, grommelai-je de nouveau.

Je regarderais Cerberus droit dans les yeux et apprendrais la vérité, je saurais si la guerre était oui ou non déclarée.

— Deux heures et basta. Tu vas rencontrer les chefs de chaque légion et après on s'casse. Entre temps, ils vont tous te dévisager et se rendre compte qu'ils ne t'auront jamais. Puisque c'est à moi, que tu appartiens.

— Et à moi, ajouta Blade.

J'étais fier de voir Harper porter son uniforme Styx, avec le brassard argenté. Le noir faisait ressortir ses rondeurs. Ça lui allait bien … quand elle était habillée du moins. On ne lui avait pas vraiment laissé l'opportunité de s'habiller puisqu'elle était restée au lit—dans mes appartements—la majeure partie de la semaine. On était restés constamment avec elle. J'étais en train de la sauter lorsque Blade était parti mener l'enquête chez les combattants Cerberus qui avaient attaqué Harper. Oui, j'étais en train de la baiser. Je l'avais sautée et j'étais resté en elle une fois terminé, elle avait dormi sur moi, ma bite était restée bien au chaud au fond de son vagin. Je voulais ressentir cette connexion—j'en avais besoin. Je savais que Blade s'occupait d'elle à merveille que ce soit au lit ou ailleurs, lorsque je devais assumer mes responsabilités. La baiser ensemble c'était une chose, on ne pouvait pas lui refuser nos bites sous prétexte que nous devions vaquer à nos occupations. Jamais.

Alors qu'ils nous fixaient tous, je n'avais qu'une envie, comme si nous étions des animaux sauvages surgis à la surface d'Hyperion, je voulais l'emmener au calme et la sauter. Etre loin, très loin de tous ces emmerdeurs, seul avec notre femme.

J'en avais mal à la bite, j'en avais rien à foutre que ça se voit à travers mon froc.

— Astra, dit Blade en adressant un signe de tête en guise de salut.

La femme à la tête de la légion Astra se tenait devant nous, son uniforme était similaire au nôtre, exception faite du brassard vert foncé. Elle devait avoir vingt ans de plus que moi, bien que personne ne connaisse son âge exact et on n'oserait jamais le lui demander. Elle était rusée, mais pas au mauvais sens du terme. Elle faisait partie des rares personnes des autres légions avec lesquelles il m'arrivait de traiter, même si je ne lui avais jamais voué une confiance aveugle. On ne pouvait pas vraiment se fier à Rogue 5. Ses cheveux raides gris argenté lui tombaient aux épaules—était-ce dû à son âge, ou à la génétique, je n'en avais pas la moindre idée.

— C'est un honneur, dit Astra à Harper, en souriant.

On se connaissait, pas forcément en bien, mais j'étais reconnaissant qu'elle fasse preuve de courtoisie. D'autres nous regardaient de haut.

— Une nouvelle planète, deux nouveaux partenaires. Quel changement drastique.

Je ne lui avais jamais vu un tel air, un tel *visage*. Faussement timide ? Aguicheur ? Je traitais avec elle, en tant que chef de sa légion. Elle était dure en affaires et ne supportait pas les imbéciles. Elle était rude, brutale, impitoyable. Pour une femme. Une femme avec des secrets. Son attitude s'était peut-être adoucie parce qu'elle parlait à une autre femme.

Harper inspira profondément et gratifia la chef de légion d'un petit sourire de son cru.

— Effectivement mais je dois avouer que ces deux-là ne me quittent pas d'une semelle.

Astra se départit de son sourire et éclata de rire. Certains se retournèrent, curieux de savoir ce qu'il y avait de drôle mais ils ne pouvaient pas entendre.

— Le neuro-processeur n'a pas réussi à traduire ce que vous avez voulu dire par « *ces deux-là ne me quittent pas d'une semelle* » mais je suppose que ce sont deux amants très attentifs. Vous avez l'air comblée, vous êtes rayonnante.

Harper resta bouche bée de surprise, ses joues virèrent au rose.

— C'est pas …

— Bien sûr que si. Douterais-tu de notre union, Astra ? demandai-je en attirant l'attention de cette femme vers moi. Harper n'avait pas fait exprès d'être gênée, elle avait besoin de temps.

Astra me fixa du regard.

— Vous ne l'avez pas encore mordue, Styx. Vous arborez son prénom tatoué mais elle ne porte nulle trace de votre morsure.

Elle se tourna vers Harper, se pencha légèrement en avant, comme pour sentir l'odeur d'Harper.

— Elle sent notre odeur. Je ne vais pas tarder à l'épouser.

Ah, le chef de légion avait le courage dire tout haut ce que tout le monde voulait savoir. Tous dans la pièce se demandaient pourquoi nous n'avions pas encore mordu notre femme. L'absence de marques sur son cou était flagrante. On ne nous aurait même pas posé la question s'il s'était agi d'une Hyperion. Les femmes Hyperion ne voulaient pas d'un homme qui doute, qui se retienne. Elles savaient à quoi s'attendre.

Mais Harper était humaine, la seule autre humaine que je connaissais était devenue rouge comme une pivoine lorsqu'il s'était agi de parler sexe. De baiser. De mordre et de posséder. Les Terriennes étaient plus délicates. Patience. Séduction. Consentement.

Il était hors de question que je partage mes pensées et les détails concernant Harper avec une femme curieuse originaire d'une autre légion, quel que soit le rang qu'elle occupe au sein de mon peuple. Elle adorait une chose par-dessus tout. Les commérages. Je détestais les commérages.

Blade leva sa main libre et caressa les joues roses d'Harper.

— On devrait peut-être y remédier sur le champ, dit-il en regardant notre femme droit dans les yeux.

Elle écarquilla les yeux mais garda le silence.

— Oui, peut-être bien Astra.

Je prononçai son prénom en guise de salut et suivis Blade qui entraînait notre femme par une porte latérale.

— Tu me traînes dans les couloirs, ça devient une habitude, dit Harper, tandis que Blade la poussait contre un mur. Nous étions dans un étroit corridor, seuls, comme dans la cafétéria sur Zenith. Celui-ci donnait sur la sortie de secours, en cas d'urgence. Personne ne viendrait dans ce coin.

— On a envie de t'avoir rien que pour nous, répondit Blade, en laissant ses mains se balader sur son corps comme s'il ne pouvait pas s'en empêcher.

— Nous sommes insatiables.

— Vous n'allez pas me mordre maintenant ? demanda-t-elle en se redressant, ce qui fit ressortir sa poitrine.

Blade prit ses seins, elle soupira.

— Tu en as envie ? demanda-t-il d'une voix rauque.

On l'avait baisée il y a deux heures à peine mais on avait encore envie d'elle. Vu sa façon de se tortiller et de respirer, elle en avait autant envie que nous.

— Qu'est-ce qu'on t'a dit, femme ? demandai-je, en appuyant une épaule contre le mur à côté d'eux, je la regardai.

— Que je vous supplierais de me mordre.

— C'est exact. Mais pour le moment on va te faire jouir.

— Encore ? Maintenant ?

Ce n'était pas un refus, j'échangeais un regard avec Blade tandis que nous changions de position et nous placions de part et d'autre.

— Oui. Tu veux jouir ? Tu veux nous toucher, Harper ?

Je ne pouvais pas m'arrêter. Je me penchai et enfouis mon nez dans son cou.

— Tu veux sentir mes doigts dans ta chatte ? Que je te dilate ? Que je te branle comme un sauvage ?

Elle hocha la tête en se mordant la lèvre. Elle portait un uniforme tout simple, comme nous, Harper rassembla ses cheveux sur sa tête. Mais le joli chignon se défit tandis que sa tête allait et venait contre le mur. De longues mèches tombèrent sur ses épaules, elle avait l'air comblée. On ne pouvait pas faire ça ici, pas maintenant, mais on pouvait toujours lui donner du plaisir et la faire rougir afin que toutes les personnes présentes dans la pièce sachent que ses maris la comblaient. Pour qu'elle sache qu'on veillait sur elle, face à cette horde inquisitrice.

— Ta chatte est une vraie gloutonne, dis-je en la retournant contre le mur et en me postant devant elle. Blade se plaça derrière elle. Je défis son pantalon et le descendis sans le lui enlever.

— Styx, souffla-t-elle en attrapant mes poignets. Elle me regarda derrière ses cils dorés et avisa la porte par laquelle nous étions arrivés.

— Y'a trop de monde. On est censés assister à la réception.

— J'm'en tape, de la réception, dis-je.

Je pensais non seulement à la baiser, mais je voulais aussi voir son corps et entendre ses gémissements de plaisir.

— On a envie de te toucher, on en a envie maintenant. Ces gens ne nous empêcheront pas d'être avec toi. On n'a pas envie de te partager. On a envie de te faire jouir, femme.

Ma main glissa sur son ventre doux, je la vis frémir, se laisser aller sous la caresse.

— Je suis en manque, Harper. J'ai envie de te sentir couler sur mes doigts. J'ai envie que tu te lâches, ici et maintenant. Ton corps est à moi, je vais t'exciter, te goûter, te baiser.

Je glissai une main dans son pantalon. Elle était trempée, excitée, j'enfonçai brutalement mes doigts en elle, elle se cambra contre le mur, cherchant à se raccrocher à mes épaules. Les parois de son vagin se contractèrent tandis que je commençais à la branler doucement. Ça n'avait rien de comparable aux fois où je la regardais s'empaler sur ma bite mais je m'en contenterais pour le moment.

Je souris en voyant Blade lécher son majeur et le glisser derrière son pantalon. Elle écarquilla les yeux, je plaquai ma bouche sur la sienne et étouffai son cri tandis que Blade introduisait un doigt dans son cul. Elle adorait la sodomie. Elle avait adoré, dès la première fois où Blade l'avait sodomisée. Elle en mourrait d'envie. La preuve, la paume de ma main dégoulinait quasiment de ses fluides.

— Branle-toi sur nos doigts, femme. Fais-toi jouir, chuchota Blade dans son cou.

Je l'embrassai alors qu'elle se mit à onduler des hanches d'avant en arrière, elle s'enfonçait plus profondément sur mon doigt, sur celui de Blade. Elle ne s'arrêtait pas, elle accélérait l'allure alors que l'orgasme approchait.

J'ôtai ma bouche de la sienne afin qu'elle puisse respirer et lui murmurait un avertissement.

— Chuuut. On ne doit pas nous entendre.

— Vilaine fille, murmura Blade, en mordillant le lobe de son oreille. Tu te lâches alors que tous les chefs de Rogue 5 sont juste de l'autre côté de cette porte.

Ça produisit l'effet escompté. Etait-ce lié au risque d'être pris en flag, ou au fait qu'elle appréciait la double pénétration, ou qu'elle soit hyper sensible, toujours est-il qu'elle se mit à jouir.

Elle se mordit la lèvre et écarquilla les yeux en grand, me dévisageant tout en prenant son plaisir.

Je lui souris, on voyait mes canines. Je ne pouvais pas m'en empêcher mais je n'allais pas les planter dans son cou, ici. Pas maintenant. Elle ne pouvait pas ignorer mon excitation, elle continuait d'enserrer mon doigt, elle en avait encore envie.

Je la complimentai tandis qu'elle reprenait ses esprits.

— Tu es belle. Rien qu'à nous. Bientôt, c'est nos bites que tu sentiras en toi. On te mordra seulement lorsque tu nous supplieras de le faire.

— Styx, souffla-t-elle. J'en ai envie.

Son aveu me rendit euphorique. Elle avait vu mes canines, elle savait à quoi elles ressemblaient, elles étaient pointues, elles transperceraient sa peau tendre. Mais elle en avait envie. Elle nous désirait.

J'avais envie de la jeter sur mon épaule, de dire à tous ceux présents dans cette pièce qu'ils aillent se faire foutre, qu'on voulait posséder notre femme, la mordre. Mais non. C'était impossible.

Je secouai la tête et écartai les cheveux qui lui tombaient en plein visage.

— Très bien. On en discutera quand on sera seuls, *complètement seuls.*

Je me retirai, mis mon doigt tout luisant dans ma bouche et léchai son fluide délicieux. Je salivais, j'avais envie de tomber à genoux et de boire directement à la source.

Je soupirai :

— On doit d'abord te présenter à Rogue 5.

— Ensuite, femme, tu seras à nous, souligna Blade en

sortant sa main de son pantalon, il passa devant elle et la rhabilla.

————

Les extraterrestres présents dans la pièce avaient presque l'air humains.

Presque.

Leurs cheveux argentés, comme ceux de Blade, ne les rendaient pas très différents des Terriens. Ni leurs yeux aux couleurs si intenses qui me faisaient frissonner tandis que je me tenais sur l'estrade, devant l'assemblée, entourée de mes époux.

Ils étaient *différents*. Dans leur façon de *bouger*. Dans leur façon de me regarder, avec toute leur attention. La majeure partie du temps, lorsqu'un membre des différentes légions s'approchait pour me féliciter, j'avais l'impression d'être dévisagée par un lion en cage, un métamorphe mythique, quelque chose de sauvage, contraint d'exister dans une prison de chair et d'os, planté là juste devant moi.

Le côté sauvage de Styx et Blade était contagieux, sexy. Ces prédateurs naturels, cette étrange race extraterrestre me donnait des bouffées d'adrénaline, comme si *mes* instincts se réveillaient. J'étais carrément en mode « les affronter ou prendre mes jambes à mon cou ». Tout me disait de …

M'enfuir.

Mais je n'étais pas un animal, je me forçais à réprimer les battements de mon cœur et mes mains moites. Je savais que Styx et Blade veilleraient sur moi. Qu'ils feraient en sorte de juguler mes instincts primaires.

Bien qu'un membre de l'une de ces légions ait essayé de me tuer sur Latiri, ait tendu une embuscade à mon équipe MedRec, ait sauté sur la plateforme de transport —ce qui avait provoqué sa mort— rien ne m'empêcherait de faire ce que j'étais en train de faire. Etre ici. Sur Rogue 5. Vivante.

Ils étaient toujours là. *Quels qu'ils soient.* Une semaine s'était écoulée depuis que Styx avait annoncé qu'Ivar était parti à la recherche de ces racailles en compagnie de Chasseurs Everien. Une semaine passée à rien faire hormis profiter des attentions de deux extraterrestres torrides et très doués. Non, ici, ils n'étaient pas des extraterrestres. C'était *moi* l'extraterrestre. Ils m'avaient acceptée, avaient même fait tatouer mon prénom sur leur peau et arboraient des piercings aux tétons. Je me sentais faible à leurs côtés. Non, j'étais toute à eux. Comment pouvait-il en être autrement ? Je ne comptais même plus la quantité d'orgasmes qu'ils m'avaient procurés. Et leur façon de procéder ? Waouh.

J'étais prête à me faire mordre, ça me faisait peur. *J'étais prête à me faire mordre les épaules par deux extraterrestres. Je ne les connaissais que depuis une semaine, ils me baisaient ensemble.* Ouais, j'étais folle. Folle de désir. J'avais subi un lavage de cerveau, j'avais oublié mon équipe à ce point ? J'avais oublié ce qui leur était arrivé, ce qu'on était probablement en train de leur faire depuis une semaine au cours de laquelle je m'étais faite tringler, sans plus penser à rien ?

Ivar et les autres étaient partis à leur poursuite, je savais que Styx faisait de la politique, qu'il devait rester là pour discuter avec les autres légions, apprendre peut-être pourquoi j'intéressais tant le groupe aux brassards rouges— les Cerberus. Les pistes étaient nombreuses. On avait à vrai dire besoin de pistes, plus encore que de la présence des Chasseurs, on en retirerait peut-être quelque chose. L'air maussade qu'affichait Styx n'était pas lié à son absence d'orgasme dans le couloir, mais à son aversion pour cette réception.

Ils m'avaient procuré un orgasme incroyable. Ça m'avait fait du bien. J'étais moins nerveuse. Bon sang, j'étais malléable à souhait, douce et accommodante. J'avais envie que tout ça se termine mais je me contentai de sourire et me pliai aux présentations. Je savourais encore les réminiscences des attentions de mes époux.

Aucun d'eux n'avait le droit de me toucher. Je leur en étais reconnaissante. Styx ou Blade ne le leur aurait jamais permis. Une seule personne avait tenté, cette femme d'un certain âge, la chef répondant au nom d'Astra, elle m'avait immédiatement fait penser à ces mères trop protectrices, agressives et pot-de-colle qui avaient si mauvaise presse sur Terre, et j'avais tendu la main et serré la sienne sans réfléchir.

Ce n'était apparemment pas passé inaperçu, j'avais peut-être commis une erreur lourde de conséquences au niveau politique pour Styx, puisque toute l'assemblée s'était tue. On ne se serrait peut-être pas la main sur Rogue 5. Ça voulait peut-être dire un truc du genre « je te hais » ou allez savoir quoi. Mais Astra avait regardé nos mains jointes, levé les yeux vers Styx et hoché la tête, comme s'ils partageaient un secret.

J'avais peut-être rendu service à Styx ?

Je n'en avais pas la moindre idée. Je ne connaissais pas ces gens, je ne connaissais pas leurs lois. Je ne savais pas qui étaient ses amis, qui étaient les traîtres, à qui il faisait confiance. A qui j'étais censée me fier. A personne, apparemment. En tout cas, pas à ceux arborant un brassard rouge. Je ferais probablement des cauchemars jusqu'à la fin de mes jours en songeant à celui qui m'avait attrapée par la jambe. Je me sentais comme un poisson hors de l'eau—un poisson dont on s'occupait à merveille, comblée sexuellement, un animal de compagnie heureux—, mais je n'étais pas l'une d'entre eux. Je n'étais pas *chez moi*. J'étais une extraterrestre ici, je le sentais dans tout mon être.

— Soyez les bienvenues, légions.

Styx s'éclaircit la gorge, Blade posa sa main au creux de mes reins. Sa grosse main chaude me rassurait, je me souvenais de ce qu'on venait de faire dans le couloir. Styx se tenait légèrement devant moi afin de me protéger de l'assemblée. Tous les deux. Ils me protégeaient. Au cours de la soirée, ils s'étaient tous deux placés de façon à toujours être légèrement entre l'interlocuteur et moi. Ça me vexait au fond de moi, je priais à la Terrienne que j'étais de la mettre en sourdine. Nous étions sur une lune extraterrestre, dans une pièce remplie de prédateurs. J'avais de la chance, je dois avouer que j'étais également un peu excitée, deux mecs, parmi les plus dangereux de toute l'assemblée, me déclaraient ouvertement leur flamme. Je n'avais pas besoin de voir leurs tatouages ou leurs piercings pour m'en persuader.

Styx attendit que le silence soit complet, je ne tenais plus en place, ce silence total plombait l'ambiance, j'étais dans l'expectative. Je le reconnaissais bien là, il adorait dominer, montrer sa suprématie. Il exigeait le respect.

Une fois satisfait, il recula, prit ma main et m'attira à ses côtés. Blade fit de même, j'étais prise en sandwich entre les épaules musclées de mes deux mecs.

— Nous vous présentons notre femme, Harper, de la légion Styx.

Le silence était pesant, je me mordis la lèvre, je me demandai si j'étais censée parler. Faire quelque chose. Ils ne leur avaient pas fait de déclaration. Ils savaient tous qui j'étais. C'était une proclamation.

Jusqu'à ce qu'Astra lève son verre et que ses guerriers

fassent de même. Quelques secondes plus tard, tout le monde avait levé son verre tandis qu'elle portait un toast.

— A Harper et Styx.

— A Harper et Styx, proclama l'assemblée à l'unisson.

Tout le monde vida son verre. Blade retint son souffle, je n'avais pas remarqué qu'il était en apnée, les épaules de Styx se détendirent. Il serra doucement ma main, que je serrai en retour. Je n'avais la moindre idée de ce qui se passait, je leur demanderais de me l'expliquer ultérieurement.

Mon ventre gargouilla, l'odeur des fruits frais, des fromages, d'un délicieux rôti aux herbes me donnait presque le tournis.

Blade me sourit.

— Tu as faim ?

— Je meurs de faim. Je me penchai et murmurai, vous m'avez ouvert l'appétit.

Styx passa son bras autour de ma taille, je me retrouvai plaquée contre son membre tout chaud. Non, le terme plus exact serait que je me fondais en lui. Impossible de me retenir avec ces deux-là. On avait fait ça y'a dix minutes à peine mais j'en redemandais. Je savais qu'ils attendaient que je les *supplie* de me mordre. Que la morsure équivalait à un mariage. C'était sacré.

Au début, ces deux mecs me foutaient une putain de frousse.

Et voilà que je les désirais tant que j'avais peur de l'avouer, ne serait-ce qu'à moi-même. Je venais de leur dire que j'avais envie qu'ils me mordent, mais ils n'avaient pas eu l'air de me croire. A moins que le moment soit très mal choisi. Ou les deux. Ils croyaient peut-être que mon orgasme me faisait délirer. C'était peut-être le cas.

Délirer de plaisir me permettait peut-être tout simplement d'admettre la vérité telle qu'elle était, une vérité que je ne pourrais jamais admettre si j'étais constamment sous contrôle.

Je les désirais. Je désirais ce qu'ils m'offraient. Je voulais leur appartenir pour toujours. Et ça me fichait une trouille de dingue.

10

Harper

ÇA AVAIT L'AIR SIMPLE, mais ça marcherait jamais. Je faisais toujours partie de la Coalition. Mon contrat n'était pas encore terminé. Techniquement, à l'instant T, et depuis une semaine maintenant, j'étais un déserteur. Portée disparue. On n'en avait pas parlé parce que de toute façon, Styx et Blade n'auraient rien fait pour prouver le contraire. J'avais bien compris qu'ils faisaient ce qu'ils voulaient sur Rogue 5. Ils n'obéissaient pas aux règles de la Coalition. Ils semblaient plutôt tout faire pour les contourner. Ce qui voulait dire que Styx n'en avait rien à foutre que sa femme contrevienne aux lois de la Coalition. Ils étaient considérés comme hors-la-loi, et moi aussi désormais.

Apparemment, se mettre toute une Flotte de guerriers de la Coalition Interstellaire à dos ne les gênait pas plus que ça, je décidai donc de m'en ficher moi aussi. J'avais des problèmes plus graves que de finir en prison pour désertion.

Moi au moins, j'étais en vie. Mon équipe MedRec n'avait peut-être pas eu la même chance. Ils étaient quelque part, prisonniers, voire pire. Je n'arrêtais pas de penser à eux. Je me sentais inutile, je ne pouvais pas résoudre le pourquoi de cette mystérieuse attaque et aider à rapatrier mon équipe portée disparue. Je ne connaissais pas cette planète et par où commencer les recherches. Je ne pouvais contacter personne au sein de la Coalition. J'étais pieds et poings liés. Je devais compter sur les autres pour les retrouver. Styx et Blade m'avaient assurée que les Chasseurs étaient à leur recherche, je n'avais plus qu'à rester plantée là et attendre.

Plus facile à dire qu'à faire. La patience et moi, ça faisait deux. Surtout lorsque je savais une personne blessée ou en danger.

Mais j'étais là, sur Rogue 5, avec mes deux époustouflants amants extraterrestres très doués et très attentifs, pendant que mon équipe souffrait aux mains de nos ennemis. Je n'avais pas d'autre possibilité que de croire en l'équipe de Styx, ils allaient faire leur travail, et bien. Il faudra que je m'y habitue si je devais devenir leur femme.

Et puis, Blade se pencha et déposa un rapide baiser sur mes lèvres. Je me tournai vers lui lorsque j'entendis un bruit bizarre. On aurait dit une balle de baseball sur une batte. Un bruit sourd. Quelque chose qui roulait. Je vis l'objet rond métallique rouler au sol. De la taille d'une balle de softball, mais brillant. J'essayai de voir d'où ça venait, un homme me dévisageait. Je m'arrêtai de respirer, je le reconnus immédiatement, je l'avais vu sur le champ de bataille sur Latiri. Cheveux argentés, yeux clairs, regard vide, indifférent. Je ne l'avais aperçu qu'une poignée de secondes, mais je le reconnaissais. Je ne pourrais jamais oublier son visage. Jamais.

Quelque chose heurta le côté de ma chaussure. La

softball. Je levai les yeux, il esquissait un rictus. Un sourire mauvais. Menaçant.

Et j'entendis le bip. Un petit bruit. Si petit qu'on l'entendait à peine.

— Styx ! cria Blade en guise d'avertissement, il shoota dans l'objet avec une force digne d'un joueur de foot professionnel.

Je quittai le visage familier de l'étranger du regard et observai Blade.

— Qu'est—

Styx me prit dans ses bras et nous écarta du milieu avant même que j'ai le temps de terminer ma phrase, il faisait dos à la pièce, me protégeant de son corps recroquevillé lorsque l'explosion retentit. J'atterris durement sur mes mains et mes genoux, Styx pesait de tout son poids sur mon dos.

Le souffle de l'explosion fit voler les vitres en éclats, mes oreilles me faisaient un mal de chien. Derrière moi, Styx poussa un rugissement quand la force de l'explosion le frappa dans le dos, de plein fouet.

Personne ne hurlait.

Personne ne hurlait, putain de merde. Les cris vinrent plus tard, lorsque je récupérai enfin mon audition.

Ça sentait le sang. Pas le sang humain. Ça n'avait pas l'odeur métallique du sang humain. C'était plus lourd, plus marqué.

Ça sentait la mort.

J'écartai les mains de Styx qui m'aidaient à me relever, mais il refusa de me lâcher, j'entendis des bruits. Les gens rampaient. Des ordres proférés par des voix rauques et rudes, des voix de personnes qui avaient l'habitude de se battre. L'habitude de saigner. De mourir.

— Lâche-moi !

Je me débattais de toutes mes forces mais ma musculature

ne faisait pas le poids face à lui. Je sentais sa chaleur, tous ses muscles contractés, tendus à l'extrême.

— Non.

Il me blottit encore plus étroitement contre lui. Je sentais sa respiration dans mon cou, les battements de son cœur dans mon dos.

— Pas tant que Blade ne m'aura pas dit que la voie est libre.

— Blade est peut-être blessé, gros bêta. Laisse. Moi. Y. Aller.

Je lui donnai un coup de poing dans l'avant-bras. Qu'il me lâche ou pas, il était fermement déterminé à me protéger.

— Arrête. Laisse-moi aider. Si quelque chose arrivait à Blade, je ne te le pardonnerais jamais. Jamais.

C'était une attaque; je le savais. Mais j'étais choquée au plus profond de moi, car c'était la vérité. Blade était à moi. Il comptait à mes yeux. Non pas que les blessés présents dans la pièce soient moins importants mais je disais vrai. Si jamais Blade mourrait sous prétexte que Styx m'ait empêchée d'y aller, je ne le lui pardonnerais jamais.

Bon sang de bonsoir, j'étais amoureuse de lui. J'étais amoureuse de ces deux extraterrestres dominateurs et protecteurs.

Styx se détendit et me relâcha. Il était campé sur ses deux pieds avant même que je me retourne. De nouveau en mode protecteur.

Je me levai, les jambes tremblantes, mes oreilles sifflaient et la silhouette imposante de Styx me cachait la vue. Je ne voyais pas ce qui s'était passé. Il n'y avait pas de feu, juste une fumée noire qui s'élevait en direction du plafond.

Des corps jonchaient le sol. Du sang. Des regards sous le choc, la résignation et la douleur.

Un monde que je connaissais bien. Mon univers durant

deux ans. Je poussai l'épaule de Styx et m'emparai d'une jolie nappe sur l'une des tables. Elle était propre.

Je la tendis à Styx, la fumée le faisait tousser.

— Déchire-la en bandelettes et va me chercher des baguettes ReGen. Autant que possible. On va en avoir besoin.

Je sautai de l'estrade et cherchai Blade. Il gémissait mais il était vivant. Il ouvrit les yeux et me regarda, allongé par terre.

— Blade !

Je m'agenouillai à côté de lui et palpai son corps avec l'efficacité liée à la pratique. Je sus qu'il allait bien lorsqu'il sourit et essaya de m'attirer vers lui pour m'embrasser. Styx et Blade allaient bien.

Je pouvais enfin souffler. Le monde environnant était à nouveau tangible, ça puait la fumée, les produits chimiques et le sang. Mais j'étais là. Bien présente. J'étais capable de réfléchir.

Blade essaya de s'accrocher à moi :

— Harper. Harper. Harper.

Ses lèvres laissaient échapper mon prénom tel un refrain, il essaya de relever la tête, il voulut m'embrasser.

Je le repoussai, sa tête heurta lourdement le sol. Il sourit.

— Tu simules, gros balourd. J'ai vérifié et tu n'es pas blessé.

Il contempla son corps, je suivis son regard, vit sa grosse bite en érection sous son pantalon. Effectivement, il était en pleine forme.

Une certaine pesanteur céda dans ma poitrine, les larmes perlèrent sur mes cils. Je les ravalai, je devais garder mon sang-froid. Je ne pouvais *pas* péter les plombs en plein triage. Point final. Je me forçai à lui sourire, les larmes aux yeux, et me penchai afin de l'embrasser sur la joue.

— Ne refais plus jamais ça, lui ordonnai-je.

Il m'avait sauvée. Son tir digne de David Beckham avait envoyé valdinguer la bombe au beau milieu de la pièce, loin de la majeure partie des invités présents à la réception.

— Je ferai tout ce qu'il y a lieu de faire, Harper, pour te sauver.

Cet aveu lui valut un autre baiser passionné mais je devais y aller. Mon instinct d'infirmière m'exhortait à me bouger. Il y aurait des hémorragies. Des morts.

Je hochai la tête en guise de réponse et me détournai, j'examinai la pièce.

— On a besoin de moi.

Je ne lui laissai pas le temps de répondre—il aurait pu m'empêcher d'apporter mon aide—je me dirigeai vers les membres de la légion qui ne bougeaient pas. Jaune. Bleu. Vert. Rouge. Argenté. Je me fichais complètement de la couleur des brassards pendant que je triais, jugeant de l'état des blessures. Je me fichais des querelles politiques qui faisaient rage sur cette base lunaire. Il y avait des blessés.

Blade se força à se lever et Styx me suivit, il me tendait des bandages faits main à partir du bout du tissu que je lui avais donné, consciencieusement découpés en bandelettes conformément à ma demande. Il me passa une baguette ReGen, je la pris et souris à mon mari séduisant et protecteur. Il ne me quittait pas d'une semelle. Il m'assistait dans ma tâche sans me gêner.

Même lorsque je m'occupais de *lui.* Je poussai un cri.

— Toi, soufflai-je.

Il était conscient, il transpirait, son visage était d'une pâleur de cire. La raison était évidente. Du sang s'échappait de sa cuisse au niveau de l'artère fémorale. Grâce à dieu, le sang ne giclait pas à chaque battement de cœur mais il perdait une quantité impressionnante de sang, qui filait entre ses doigts. Son artère fémorale devait être touchée. Il plaquait ses mains dessus, j'essayai d'endiguer le flot de sang, mais je n'arriverais pas à arrêter l'hémorragie en l'espace de quelques minutes.

— Tu connais ce Kronos ? me demanda Blade.

Je ne répondis pas à sa question. Elle n'avait rien à voir avec la survie de mon patient.

— Passe-moi une bandelette ou une ceinture. Tout de suite, sinon il mourra.

L'homme Kronos que je soignais avait essayé de me blesser, il avait blessé beaucoup de monde dans l'explosion, mais pour le moment, j'étais en mode infirmière.

Seule la vie importait. Même la sienne. Ce qu'il avait fait n'avait aucune d'importance à cet instant précis.

Je n'avais pas la moindre idée de la personne qui tendit la sangle de son pistolet laser par-dessus mon épaule mais ce n'était pas Styx. Je me fichais de ses tours de passe-passe. Je la pris, écartai les mains de cet homme mourant du milieu, enroulai la sangle autour de sa cuisse et serrai. Je fis un nœud et serrai de nouveau.

— Attrape de ce côté, dis-je calmement d'une voix qui n'admettait aucune réplique à Blade lorsqu'il s'agenouilla à mes côtés, je lui tendis un bout de la sangle.

Il s'en empara et tira, serra la sangle le plus possible jusqu'à ce que l'hémorragie commence lentement à se tarir, je fis un garrot en effectuant un tourniquet.

— La blessure est trop grave pour utiliser une baguette. Il a besoin d'un caisson ReGen. Dis au médecin de cautériser cette veine avant d'enlever le garrot. Il risque de perdre sa jambe s'il n'est pas pris en charge immédiatement.

Deux grands gaillards le relevèrent, l'un d'entre eux le prit sous les bras, l'autre par les chevilles, ils l'emportèrent hors de pièce. Je fis mine de me lever, Blade m'arrêta en posant une main sur mon bras.

— Tu le connais. D'où ?

Nos mains étaient pleines de sang, le visage de Blade était noir de fumée. J'imaginais aisément que j'étais dans le même état. Les blessés étaient évacués ou soignés sur place à l'aide de baguettes ReGen. Je vis la femme chef, Astra, s'occuper d'une personne ayant une petite blessure au front. Je repris mes esprits, calmai ma respiration et écoutai. La fumée s'était dissipée mais l'odeur du bois calciné et du brûlé me rappelait étrangement l'odeur persistante des feux de camp du 4 juillet. Je transpirais sous mon uniforme noir.

Je vis Blade plisser les yeux. Il avait pleinement conscience du problème et attendait ma réponse qui tardait à venir. Il voulait sa réponse mais était en alerte en vue du danger en venir. C'était peut-être la raison pour laquelle je m'autorisais inconsciemment à souffler, puisque je savais qu'il veillerait sur moi. Il l'avait fait avec la bombe en forme de softball, et je savais qu'il le referait si nécessaire.

— Oui.

J'inspirai profondément et expirai. Toutes les bonnes endorphines procurées par le fameux orgasme du couloir s'étaient volatilisées. J'avais une chute d'adrénaline.

— A l'embuscade sur Latiri. Je l'ai reconnu. Il en faisait partie. Il était un des hommes à bord des navettes.

Blade fronça les sourcils.

— J'ignorais que les Kronos avaient participé au combat.

— Ceux avec les brassards jaunes ? Y'en avait pas, rétorquai-je.

Blade se leva d'un bond et je fis de même.

— Styx! cria-t-il.

En l'espace d'une seconde, Styx se rapprocha de moi, il me scrutait sous toutes les coutures, palpait mes bras, prit mes mains, les retourna afin que les paumes ensanglantées soient dirigées vers le haut.

— Tu es blessée ?

— C'est pas son sang, expliqua Blade, comme s'il pouvait lire dans les pensées de son chef.

Styx me lâcha, j'essuyais mes mains sur mon pantalon, je ne m'en étais pas aperçue, je réalisais qu'elles étaient rouge sang.

— Le Kronos avec la blessure à la jambe, dit Blade. Il était sur Latiri avec Harper.

Styx se raidit et me regarda droit dans les yeux. Je pouvais presque voir ses neurones cogiter.

— Viens.

Styx se fraya un passage hors de la salle parmi les invités qui récupéraient peu à peu ou n'étaient pas en trop piteux état. On n'avait plus besoin de moi, je doutais fort que Styx ou Blade me permettent de rester ici sans leur présence protectrice, surtout après ce que je venais de leur apprendre.

— Où va-t-on ? demandai-je en essayant de suivre son allure rapide.

— Au dispensaire, interroger le Kronos au sujet de Latiri, dit Styx.

— C'est lui qui a lancé la bombe, dis-je, en lâchant une bombe à mon tour.

Styx se pétrifia, je lui rentrai presque dedans. Il se retourna, me regarda, posa ses mains sur mes épaules.

— Tu l'as vu faire ?

Apparemment, lui n'avait rien vu.

Je hochai la tête.

— Oui, mais je comprends pas. Les mecs de Latiri, les groupes qui sont descendus des deux vaisseaux, celui qui est monté sur la plateforme de transport avec moi, ils portaient tous des brassards rouges.

J'indiquais le couloir menant au dispensaire.

— Celui-là portait un brassard jaune.

— Kronos, précisa Blade. Il resta un moment perdu sans ses pensées. Le rouge c'est la couleur de Cerberus. T'es sûre—

— Tu *as tué* celui qui m'avait sauté dessus juste avant le transport. Tu as vu son brassard. Il était rouge.

Je me demandais comment il pouvait en douter, il avait brisé la nuque du mec.

— Pourquoi les légions Kronos et Cerberus m'en voudraient ? Qu'est-ce que j'ai fait ?

J'étais une simple Terrienne membre d'une équipe MedRec. Ça n'avait rien d'excitant. Je faisais mon boulot, point barre. Sans plus. Que me voulaient-ils ?

Styx pivota et poursuivit son chemin. Il parcourut la moitié du couloir avant de parler.

— Tu les as vus sur Latiri. Tu es un témoin, lança-t-il derrière lui.

Je ne l'avais jamais vu marcher aussi rapidement.

Je courus pour rester à son niveau, Blade sur mes talons.

— Témoin de quoi ? demandai-je, essoufflée.

— De l'attaque de Latiri. Tu as vu leurs visages.

Je ne lui avais pas vu un regard aussi intense, même lorsqu'il s'était fait tatouer mon prénom dans la peau.

— Qu'est-ce que tu vas faire ? demandai-je, inquiète. Le type de Kronos ou Cerberus—quelle que soit sa légion—n'est pas en état de répondre.

La porte du dispensaire s'ouvrit. Tout le monde était occupé, l'ambiance était tendue, on s'occupait des patients dans en état critique, suite à l'explosion.

— On va l'interroger, dit Styx d'une voix grave. Le regard fermé.

Il se tourna pour entrer mais je le saisis par le bras. Il me jeta un coup d'œil par-dessus son épaule.

— Maintenant ? Tu peux pas. Il en mourrait.

Styx ne répondit pas, il entra et fonça droit vers les caissons ReGen alignés jusqu'à ce qu'il trouve le bon.

— Styx ! criai-je.

L'homme était à moitié réveillé. Ses yeux étaient ouverts, son regard, vide ; il ne devait même pas se rendre compte de notre présence. Il portait toujours mon garrot alors qu'on préparait le caisson. Un médecin agitait une baguette sur la blessure, un autre était sur le point de lui faire une piqûre dans le cou.

— Pas encore, dit Styx en arrêtant le geste de l'homme.

J'attrapai Styx, mais impossible de le faire bouger.

— J'ai fait mon travail en le sauvant.

Il me regarda avec ses yeux verts, perçants.

— A mon tour de faire le mien en tant que chef de cette légion, je dois obtenir des réponses. Je le veux conscient.

— Attends qu'il aille mieux, répliquai-je. L'homme avait perdu trop de sang pour être en mesure de répondre à la moindre question, il n'était même pas capable de dire comment il s'appelait.

— Pourquoi ? demanda-t-il les mâchoires serrées. Je lui ferai mal, après seulement.

Je ne connaissais pas encore Styx sous cet aspect très différent. La base lunaire était connue pour sa cruauté, son peuple était sans foi ni loi. Sans la présence de la Coalition, les légions gouvernaient selon une drôle de mentalité, du type « peu importe pourvu qu'on arrive à nos fins ».

Il avait vraiment l'intention de blesser, voire de tuer ce blessé, une fois l'information obtenue ?

— Styx.

Je l'appelai et soit il m'ignorait, soit il se fichait complètement de mon inquiétude. Je pivotai sur mes talons et posai ma main sur la poitrine de Blade.

— Que va-t-il se passer ? lui demandai-je.

Blade passa sa main dans mes cheveux mais la laissa retomber lorsqu'il vit le sang—le sang de cet homme.

— Il t'aurait tuée ou kidnappée avec ton équipe de MedRec sur le champ de bataille de Latiri. Il a balancé une grenade laser sur toi, sur nous. On doit savoir pourquoi.

— Même si ça doit le tuer ? demandai-je.

Blade hocha la tête.

— Il a prononcé son arrêt de mort en voulant te tuer.

Je me tournai vers Styx, prête à lui répondre, il serrait les mâchoires, impitoyable, ça me donnait le frisson, je savais qu'il n'y aurait aucune discussion possible, qu'il serait sans pitié pour l'homme que j'avais à tout prix essayé de sauver.

Je marchai vers Styx et me plantai devant lui, lui bloquant le passage alors que le médecin et l'un des autres hommes le glissait dans le caisson ReGen et ôtait le garrot de sa jambe. Styx se raidit, je posai mon front contre sa poitrine et l'enlaçai.

— Il ne pourra pas répondre à tes questions s'il meurt.

Je sentis, plus que je ne vis Styx adresser un signe de tête au médecin, lui donnant le feu vert pour enclencher le cycle de régénération du caisson. J'avais peut-être été injuste avec cet homme, il aurait peut-être mieux valu qu'il dorme. Je ne pouvais pas imaginer ce que Styx était prêt à lui faire. Il était tellement possessif, aussi protecteur que Blade, mais il devait aussi rendre justice. En tant que chef, il ne pouvait pas laisser tomber l'une des leurs.

J'avais beau tourner l'affaire dans tous les sens, mon esprit se rebellait. Nous devions obtenir des réponses. Nous tenions l'un des agresseurs entre nos mains, il savait sûrement où était mon équipe. Il pourrait identifier le traître sur Zenith. Il pourrait nous dire toute la vérité.

Même si Blade et Styx devaient le torturer, le frapper, le

laisser presque pour mort pour lui soutirer ces informations ?

Je repensai à mon équipe, aux morts sur le champ de bataille, à cet Atlan courageux, le Seigneur de Guerre Wulf, qui avait failli laisser sa peau pour me sauver, ma colère montait crescendo, j'étais résolue, je m'étais rangée à leur décision. Ça me rendait malade, mais il n'y avait pas d'autre solution possible.

Condamner cet homme à mort, savoir ce qui lui arriverait lorsqu'il se réveillerait me brisait le cœur, moi qui croyais avoir un cœur de pierre, mais je savais que Styx avait raison.

Il nous le fallait vivant. On devait lui parler.

Et après ?

Je refusais d'y songer.

J'étais peut-être devenue un animal, en fin de compte.

11

tyx

MES TUEURS à gages encerclaient la pièce comme des rapaces affamés, attendant que la communication s'établisse. Le soldat Kronos était sorti du caisson ReGen, il avait contemplé mon visage et imploré que sa mort soit rapide. Ce serait le cas.

Mon cœur d'époux me dictait de l'épargner, essayait de me convaincre qu'il méritait de vivre. Mais il avait tué un nombre incalculable de membres de son équipe sur Latiri, il les avait pris en otage, il avait essayé de tuer la seule personne qui comptait plus que tout dans toute la galaxie.

Elle.

Harper aurait voulu que je l'épargne, le Kronos savait qu'il était un homme mort.

Il nous avait tout raconté et comme promis, j'avais confié à Cormac la mission de l'achever. Sans souffrir.

Cet enfoiré ne méritait pas tant de pitié mais ma femme

était satisfaite, nous avions obtenu les réponses désirées, sa mort me suffisait.

Silver et Blade parlaient tranquillement, appuyés contre le mur. Ils étaient proches, étant frère et sœur, ce lien qui les unissait était flagrant depuis leur naissance. Ils étaient venus au monde ensemble, combattaient ensemble. Ils mourraient peut-être un jour ensemble. Les jumeaux étaient rares au sein de notre espèce, ces deux-là étaient connus comme le loup blanc.

Khon faisait tournoyer son poignard sur la table, ce bruit lancinant était agaçant. Mais je réprimais mon avis de lui gueuler d'arrêter. Blade, Harper et moi levâmes les yeux en même temps lorsque Cormac entra. Il ne regardait que moi, d'un léger signe de tête, il me donna la confirmation que j'attendais, le traître était mort.

Harper se mordit la lèvre et ferma les yeux mais ne fit aucun commentaire. Pas un seul. Elle s'était battue pour lui, lui avait sauvé la vie, jusqu'à ce que je lui rappelle qu'il était responsable de la mort d'une quantité innombrable de membres de son équipe MedRec, et bien plus encore. La Coalition disposait également de règles bien spéciales concernant les traîtres et les coupables. Ce que nous lui avions fait subir n'était pas nouveau pour elle. Elle était là pour soigner et bien que ça aille contre sa nature, elle devait savoir—plus que les autres encore —qu'il était coupable et devait assumer les conséquences de la cruauté de son geste.

Elle ne se faisait toujours pas à l'idée mais se leva de sa chaise et traversa la pièce. Et vint dans ma direction. Pour que je la console. Que je la réconforte.

Je l'enlaçai étroitement contre moi, je respirai son odeur à pleins poumons. Le traître était mort, je savais désormais qui se cachait derrière les récentes attaques envers la Coalition, j'avais le cœur plus léger. Pas seulement pour Harper, mais pour toute la population de Rogue 5.

Nous ne faisions pas partie de la Coalition mais nous existions au sein de leur espace. Cet acte insensé de kidnapper des prisonniers vivants, d'attaquer leurs équipes de médecins, équivalait à un commando suicide pour toutes les légions, pas seulement pour Styx. Si nous n'avions pas découvert la vérité, la Coalition aurait pu nous envahir, nous détruire.

Le Prime de Prillon était réputé pour sa cruauté. Le Prime Nial et son second, un guerrier brutal prénommé Ander, régnait d'une main de fer. C'étaient des guerriers justes, mais impitoyables. Ils n'étaient pas tout sucre tout miel, comme leurs prédécesseurs royaux. Lorsque j'avais appris que leur femme était une Terrienne, je m'étais douté que sa présence devait quelque peu les calmer.

Si je ne mettais pas un terme aux attaques du personnel de la Coalition, un déluge de feu s'abattrait sur ma lune, sur mon peuple. J'étais un pirate et un rebelle. Nous ne disposions ni des vaisseaux, ni de la main d'œuvre nécessaire pour affronter la Flotte.

— Styx.

La voix émanant de l'écran de télécommunications était dure et directe. Le docteur Mervan du Service des Renseignements ne mâchait pas ses mots. Je lui en savais gré, j'étais pas d'humeur. Ma femme était saine et sauve, mais ma planète était en péril.

— Mervan.

Harper fit mine de se dégager mais je la gardai contre moi. Je la laissai se tourner pour regarder l'officier de la Coalition qui déciderait de son sort. Et du mien.

— Docteur Mervan ?

Le ton interrogateur d'Harper fit sourire ce salaud

roublard. Apparemment, ma femme lui plaisait. Je réprimai un grondement de possessivité. Il se trouvait à une année-lumière d'ici mais je ne lui faisais pas confiance. Pas concernant ce qui comptait plus que tout à mes yeux. Mais nous devions parler affaires, j'avais besoin de lui.

— Y'à urgence, Styx ? J'espère que c'est important.

Il ne pouvait pas dire qu'en le contactant directement, Blade et moi risquions de dévoiler notre coopération avec les services des renseignements de la Coalition. On était peut-être sans scrupules mais la Coalition aimait bien justement notre côté canaille. Elle y trouvait son compte.

Mon peuple incarnait le mal. Je savais comment triompher de leurs systèmes de surveillance, de leurs espions et leurs mensonges.

— J'ai des informations concernant l'équipe MedRec enlevée sur Latiri. Je sais où ils retiennent les prisonniers et les armes.

J'arborai un large sourire, afin de m'assurer que le médecin écoute bien ce que j'étais en train de lui dire. C'était visiblement le cas puisqu'il se redressa sur sa chaise et se pencha vers moi.

— Ainsi que des sas de téléportation portables.

Il étrécit les yeux mais se concentrait sur le visage d'Harper.

— Mademoiselle Harper Barrett de Terre. Vous faites partie des personnes portées disparues dans le rapport concernant la mission sur Latiri.

Elle se raidit mais ne fit pas mine de quitter mes bras.

— Le Seigneur de Guerre Wulf m'a sauvée. Styx et Blade m'ont emmenée sur Rogue 5.

— C'est ce que je vois.

Il observait la façon très possessive que j'avais de la tenir contre moi, la façon dont Harper se détendait dans mes bras. Il n'avait pas besoin d'être médecin pour nier l'évidence.

— Que voulez-vous, Styx ?

— Je veux que vous effaciez l'existence du dossier d'Harper. Je ne veux plus qu'elle fasse partie de la Flotte, point barre. Elle est à moi.

Il étrécit à nouveau les yeux, son regard se fit cruel. Agacé. Mais Harper tenait bon, mes hommes de main étaient tranquillement assis, observant notre échange verbal.

— C'est également votre souhait, Harper ?

Elle inspira profondément, planta son regard dans celui de Blade, qui arborait un sourire vainqueur.

— Oui. Je veux rester ici. Sur Rogue 5.

Le Prillon de l'autre côté de l'écran arborait un sourire figé. Il la détailla un moment, me regarda, sans calculer Harper.

— Je vous accorde la liberté de votre femme en échange d'informations, Styx. Je veux tout savoir.

A mon tour de sourire. Oui, c'était prévisible, je m'en doutais. Harper n'était qu'un membre de l'équipe des MedRec qui arrivait presque au terme de ses deux années de service volontaire. Un membre parmi tant d'autres. Des centaines d'autres. Des milliers. Il croyait que cet échange lui tomberait tout cuit dans le bec. Il pensait avoir gagné la partie. Il se trompait.

Je pouvais lui dire la vérité, lui donner toutes les informations en ma possession afin qu'il effectue le sale boulot à ma place. Mais je savais qu'il n'en ferait rien, pendant que je baiserais et posséderais ma femme.

— Je n'en doute pas, répondis-je. Mais à une condition.

— Laquelle ?

— La légion Styx fera partie intégrante de la mission. Ce

sont mes ennemis, Mervan. Ils ont essayé de tuer ma femme. Ça va saigner.

Je soutins son regard, entre guerriers, afin qu'il comprenne à quel point j'étais en colère. Harper était à moi ; Rogue 5 était à moi. Ces traîtres avaient failli tout détruire. Je les livrerais à Mervan, une fois morts.

— Marché conclu. Je vous enverrai les coordonnées de transport. L'écran devint noir à la seconde-même, Harper pivota face à moi.

— Non, dit-elle, d'une voix craintive. Elle soutenait mon regard. N'y va pas. Laisse-les faire.

Cormac répondit à ma place.

— Ces traîtres sont à nous, Harper. Leur sang nous appartient.

Elle regarda les guerriers l'un après l'autre, détailla Silver, passa d'une femme à l'autre. Mais ma femme sous-estimait l'appel du sang et ce besoin d'honneur qui galvanisait mon peuple. Silver était une femme, elles étaient peut-être considérées comme inférieures sur Terre, mais sur Rogue 5, son sang pulsait dans ses veines aussi fort que celui des hommes.

— Je vais verser leur sang, Harper, lui dit Silver. Je vais les tuer lentement. Leurs actes ont menacé ma famille. La Coalition aurait pu nous détruire. Comprends-tu la portée de leurs actes ? S'ils restaient en vie—mais considère l'affaire comme réglée—nous serions constamment sur le qui-vive. Inquiets. Grâce à cette alliance, la Coalition voit que nous pouvons nous rendre utiles, voire être courtois.

Ce mot, *courtois,* me laissait un sale goût dans la bouche. Il ne nous correspondait pas.

— Je me ferai un plaisir de les tuer, tout comme les traîtres.

Elle fit craquer ses jointures afin de prouver sa ferveur.

Harper relâcha ses épaules, je levai les mains pour masser ses muscles tendus.

— Ils sont malveillants, Harper. Ils ont enfreint nos lois, ainsi que celles de ta Coalition. Ils devront en répondre.

— Parfait. Elle s'appuya contre mon épaule en soupirant. Les détails macabres ne m'intéressent pas. Pas du tout même.

Blade traversa la petite pièce et caressa sa joue du bout des doigts. Il était aussi déterminé que nous autres à en découdre.

— Jamais, femme. Nous te protègerons, sache-le.

Khon leva les yeux de sa tablette et mit son poignard de côté.

— Mervan a fait le nécessaire. On a reçu les coordonnées, Styx.

Mervan n'avait pas perdu une seconde. Il avait autant envie d'en finir que nous. Non, il voulait son information. Séance tenante.

Cormac pencha la tête de côté, sa nuque craqua dans un bruit sourd.

— Allons-y.

Blade se pencha et embrassa Harper rapidement et sauvagement.

— A bientôt, ma femme.

Les autres nous saluèrent brièvement tandis que nous lui emboîtions le pas et sortîmes de la pièce.

Je fis pivoter Harper dans mes bras et déposai un doux baiser sur ses lèvres, bien décidé à en profiter.

Ses mains s'agrippèrent à mon uniforme, elle tremblait.

— Vous avez intérêt à revenir. Toi et Blade me l'avez promis.

Je plaçai ses cheveux derrière son oreille.

— De quelle promesse parles-tu ?

— Vous devez me mordre Styx. Je vous veux, tous les deux.

— On t'appartient déjà.

— Pour toujours, Styx. Je veux vous garder pour toujours. Je veux cette morsure, et vous allez me la donner.

— Tu es autoritaire. J'aime ça.

Je souris—je lui montrai mes canines, elles avaient fait leur apparition suite au ton employé— je l'embrassai une dernière fois et tournai les talons.

———

Blade

QUITTER HARPER FUT l'une des décisions les plus difficiles à prendre. Sentir ses lèvres sur les miennes ne me suffisait pas. Elle voulait s'unir à nous, elle était prête à être mordue, mais nous devions partir à la poursuite de ces traîtres. La question ne m'avait jamais traversé l'esprit toutes les fois où nous avions dû nous débarrasser de la racaille. Telle était notre mission. Mais maintenant ? Maintenant, j'avais autre chose. Maintenant, j'avais Harper.

Je la savais en sûreté.

Nous avions donné l'ordre à Scribe et Ivar de la protéger durant notre absence, au péril de leur vie. Ni Styx ni moi ne pouvions manquer ce combat. Notre besoin de tuer était quasi viscéral. Ces traîtres avaient attaqué Harper, ils avaient failli la tuer. Ils avaient orchestré l'attaque durant notre réception de mariage.

Ils étaient morts. Ces connards étaient morts, tous autant qu'ils étaient. Je ne trouverais pas le sommeil tant que je n'aurais pas accompli ma mission.

Sang pour sang.

Ils avaient voulu tuer Harper. Ils allaient mourir.

Les coordonnées programmées, nous sautâmes sur la plateforme de transport et arrivâmes chez Mervan en l'espace de quelques secondes. Il se tenait aux côtés de Styx sur le quai et discutait avec nos hommes de main et ses guerriers de la Coalition. Il y avait environ une centaine de machines de guerre, prêtes à tuer. Ce n'étaient pas des guerriers de la Coalition normaux. Ils étaient issus du service des Renseignements. C'étaient donc des tueurs, des espions. Une majorité de Chasseurs Everien et plus de deux douzaines de bêtes Atlan. Le reste était constitué de guerriers Prillon, ils chassaient par deux.

Je n'avais jamais vu mon peuple comme un peuple inférieur. Faible.

Mais on ne faisait pas le poids face à cette assemblée de tueurs d'élite.

Pour une fois, ça me convenait. Ça me convenait de me sentir *inférieur.* Ça me convenait très bien si Mervan souhaitait se servir d'hommes imposants et très expérimentés pour débusquer ces connards. Tant que la Coalition fichait la paix à Rogue 5. On voulait juste retourner sauter Harper dans les plus brefs délais.

Styx se tenait auprès du médecin, les bras croisés, l'air renfrogné. Il ressemblait trait pour trait à ce qu'il était—un tueur impitoyable et brutal. Un roi parmi des hors-la-loi. Je constatai avec fierté que plusieurs guerriers de la Coalition le regardaient d'un air nerveux. J'étais fier que ces immenses, ces gigantesques enfoirés redoutent mon chef, j'avais envie de sourire. Mais je restais de marbre. Je demeurais imperturbable et me concentrais sur ma mission : tuer.

Au diable la Coalition. Au diable les Atlans, les Prillons et les Chasseurs Everien. Nous étions là pour *notre* peuple. Pour notre femme. Le docteur Mervan ne voulait surtout pas que la Coalition apprenne qu'il fricotait avec la racaille. Voilà pourquoi tous les tueurs présents dans la pièce étaient vêtus de noir et argent. Les couleurs de Styx.

C'était bien la première fois que Styx tolérait une chose pareille. Seuls les guerriers respectables avaient le droit de porter nos couleurs mais cette fois-ci, et *cette fois* seulement, nous allions suivre le plan de Mervan, tous feraient semblant d'appartenir à la légion.

Styx utilisait la Coalition pour envoyer un message que les Kronos ne seraient pas prêts d'oublier. Toutes les légions sauraient que ces monstres avaient débarqué de leur avion-cargo pour faire des ravages. Styx serait connu comme le loup blanc. Plus personne n'oserait nous attaquer, nous ou notre femme. La Coalition, les Kronos ou toutes autres légions n'avaient pas intérêt à nous chercher des noises.

La colère grondait, les autres avaient intérêt à se tenir prêts s'ils voulaient leur vengeance. Je me vengerai d'abord. Pour venger Harper.

— Je veux leur chef vivant, annonça le docteur Mervan aux guerriers, la réponse de Styx fusa.

— Alors vous avez intérêt à le choper avant moi.

Des Atlans rigolèrent devant la déclaration évidente de Styx mais tous ceux présents dans la pièce savaient qu'il ne plaisantait pas. Il était sans pitié. Il faisait partie de la légion Styx. Je me postai aux côtés de Styx, je l'épaulai. Je serais sans pitié. Il fallait pas toucher aux miens.

Le visage de Cormac, posté à côté de moi, se fendit d'un large sourire. Sa fureur, son besoin de protéger son peuple, son chef, sa famille, était plus primitif et instinctif que la normale. La rage qui transpirait de tout son être me galvanisait, mais je devais attendre. Ecouter. Je me demandais comment il faisait pour garder son calme.

— On parie ? lança Khon à voix basse, à droite de Cormac.

Silver se pencha vers moi et l'immense guerrier, elle secoua la tête en regardant Khon.

— Tu veux perdre ? Parie contre Styx.

Khon sourit et me donna une tape sur l'épaule.

— Je parie pas sur Cormac, mais sur Blade.

Silver éclata de rire.

— Je peux pas parier contre mon propre frère ?

Je ne les regardai pas mais observai le groupe de guerriers qui assureraient nos arrières, et notre chef.

— Tu perdras.

Silver m'asséna un coup de poing sur l'épaule.

— Cinquante sur Styx.

— Banco.

Khon tendit la main, ils se la serrèrent alors que Mervan et Styx ouvraient la marche vers la plateforme de transport.

Je leur emboîtai le pas, mon cœur battait à tout rompre, tous mes sens étaient en éveil. La traque allait débuter.

tyx

LA DOULEUR poignante du transport perdit de son intensité, je pivotai et bondis à terre. J'étais prêt. Je n'avais pas l'intention de me servir de mes pistolets laser. Je voulais voir la mort dans le regard de mes ennemis quand je le leur ouvrirais le bide.

L'avion-cargo était grand pour un vaisseau de ce type. Le traître nous avait dit qu'on devait s'attendre à un bataillon d'environ cinquante personnes, avec deux fois plus de prisonniers, plusieurs chargements d'armes volées, des fournitures médicales et environ mille plateformes de transport mobiles utilisées par les équipes médicales pour évacuer les blessés.

Ça valait plus au marché noir que leur valeur vénale globale—vaisseaux compris.

Apparemment, la légion Kronos était juste bonne à rafler, voler et piller. L'équipe d'Harper était l'une de leurs nombreuses victimes. Le service des Renseignements en voulait quelques-uns vivants. Le terme *quelques-uns* me fit grimacer. Ils n'en avaient rien à foutre. Ce n'étaient que de vulgaires marchandises, heureusement qu'Harper était saine et sauve sur Rogue 5 sinon, Mervan serait un homme mort, tout comme ce traître, afin de le punir pour son indifférence. Mais j'avais présentement besoin de cette indifférence pour parvenir à mes fins. Mervan cherchait le traître de son côté et faisait sa part de boulot, un espion me filait des infos sur les caches possibles des Kronos ainsi que d'autres informations relatives aux équipes MedRec qui s'étaient volatilisées sur le champ de bataille.

Je me fichais des exigences de Mervan. Il pouvait trouver ce traître et me conduire directement sur Kronos.

Cette légion allait se rendre. Le sang coulerait.

D'un geste de la main, Mervan déploya ses hommes en équipes, un groupe de guerriers Prillons et d'Atlans évoluèrent rapidement en direction des cellules des prisonniers. Par chance, on connaissait non seulement l'endroit où se trouvait leur vaisseau, mais également leurs plans. On les avait minutieusement étudiés, on savait où aller.

Sa seconde équipe se posta de façon à attaquer les zones de fret et pour récupérer les armes et autres matériels qui y étaient entreposés.

Une troisième équipe se dirigerait vers la salle des commandes, s'emparerait du vaisseau et capturerait ses chefs.

Ils se déplaçaient vite et en silence. Ils étaient efficaces. Mais pas assez rapides.

Blade courait à mes côtés, Cormac, Silver et Khon étaient derrière nous, on se déplaçait vite, à la vitesse de l'éclair. Les Chasseurs Everien étaient les seuls capables de nous dépasser, j'avais insisté pour qu'ils se dirigent vers la prison. Ils pourraient être sur le site rapidement vu leur vitesse et libérer des innocents.

Les couloirs retentissaient du bruit de la bataille et des déflagrations. Le système d'alerte du vaisseau passa au rouge. Blade poussa un grognement à côté de moi.

— Ils savent qu'on est là.

Ils l'avaient su à la seconde-même où notre groupe avait posé le pied sur la plateforme de transport.

J'arborai un sourire carnassier.

— Parfait.

Derrière nous, les bottes d'au moins deux douzaines de guerriers de la Coalition martelaient l'étroit passage, ils étaient à environ une minute derrière nous.

Ils seraient tous morts en salle des commandes avant leur arrivée.

En lançant leurs raids, Kronos avait non seulement trahi la légion Styx mais aussi tous les Hyperions de Rogue 5. Ils menaçaient notre existence. Si la Flotte de la Coalition décidait de nous déclarer la guerre, notre cuirassé se cacherait dans notre cratère lunaire en quelques secondes.

Nous étions des contrebandiers, des pirates. Nous n'attirions pas l'attention, nous ne nous faisions par remarquer par notre cupidité sans bornes.

La Flotte nous ignorait parce que ça leur convenait. On faisait ce qu'on avait à faire, on maintenait la paix, on surveillait le marché noir. De temps à autre on leur donnait compte, on leur offrait nos services. Comme dans le cas présent, sauf qu'on leur faisait croire qu'ils avaient les cartes en main.

Si on leur donnait trop de mou, si on se montrait trop gourmands, des types comme Mervan pouvaient anéantir tout ce que notre peuple avait bâti. Difficile de faire une trêve, on était sur le fil du rasoir. Et Kronos avait merdé. L'appât du gain. Il en voulait toujours plus. Il voulait des hommes. On n'était pas ses esclaves.

Astra, Cerberus et Siren avaient tous approuvé mon plan lorsque je les avais contactés pour leur faire part de nos intentions. Je ne leur avais pas demandé la permission de tuer ces salopards. Les autres étaient heureusement d'accord. Tous les légionnaires Kronos présents sur ce vaisseau allaient mourir aujourd'hui.

Nous n'avions rencontré qu'une faible résistance en arpentant le couloir. Deux gardes se tenaient devant la salle des commandes, leurs silhouettes bloquaient les larges portes, ils portaient des brassards d'un jaune éclatant. Non pas rouges.

Ils ne cachaient pas qui ils étaient. A moins qu'il s'agisse d'enfoirés de première qui s'en fichaient ou n'auraient jamais imaginé qu'on leur tomberait dessus et qu'on les tuerait. L'impudence caractéristique des Hyperions leur serait fatale aujourd'hui.

Ils ne bougèrent pas d'un pouce et nous tirèrent dessus sans broncher, leurs armes crachaient du feu à plein régime.

Le premier tir m'atteignit à l'épaule mais je ressentis à peine la douleur. Nos corps étaient différents des autres races de la Coalition. Nos armures étaient conçues de façon à répartir l'impact laser—chose que Mervan ignorait. Je n'étais pas blessé comme n'importe quel autre combattant. Non, j'étais enragé. L'impact décupla mon besoin de tuer.

Je me ruai sur le garde de gauche tandis que Blade s'occupait de son pote.

Une rage meurtrière s'empara de moi, je me demandais si cet homme avait posé ses mains sur ma femme. S'il lui avait tiré dessus avec son pistolet laser sur Latiri.

Blade poussa un beuglement qui résonna dans tout le

couloir tel un boulet de canon, il plaqua le garde contre le mur et planta un poignard dans sa gorge. Il lui sauta dessus sans aucune pitié, sa mort fut rapide, sa soif de sang quelque peu étanchée.

Je me sentais certes moins civilisé mais plus maître de moi-même. Je voulais tuer le garde qui se tenait devant moi mais également transmettre un message.

Je plaquai le soldat Kronos contre le mur en le tenant par le cou et regardai Silver.

— N'oublie pas. Je veux que tous soient au courant sur Rogue 5.

Elle arbora un sourire diabolique, régla le détecteur fixé sur son uniforme et hocha la tête.

Je contemplai l'enregistreur, plissai les yeux et immobilisai le soldat Kronos d'une main de fer. Ses mains s'emparèrent de la mienne, il se débattait, luttait pour respirer. Je l'ignorai et m'adressai à mon peuple.

— Je m'appelle Styx. Ce soldat Kronos a participé à l'attaque des équipes de MedRec de la Coalition. Ce Kronos a non seulement désobéi aux lois de la Légion en attaquant, mais il nous a tous mis en danger en osant se foutre de la gueule de la Flotte de la Coalition et il a agressé ma femme.

Blade avança à côté de moi, dévisageant l'homme que je plaquais toujours contre le mur. Le visage et les mains rouge sang, il se tourna et fit face à la caméra, ses canines bien en vue tandis qu'il faisait montre de sa version toute personnelle de la vengeance, à quiconque voudrait bien regarder.

— Voilà ce qui arrive à mes ennemis.

Il se tourna, je tranchai la gorge de l'agresseur d'une main et jetai son corps par terre en ouvrant mes doigts. L'odeur du sang et de la mort emplit l'air, se faufila dans mes narines, mes crocs s'allongèrent. J'attrapai ce qui restait de sa trachée et avec la chair sanguinolente à la main, me tournai et m'adressai à la caméra de la voix la plus calme et la plus glaciale possible.

— La Légion Styx n'est pas en colère. Styx n'a pas perdu son calme. Ce truc... j'agitai de nouveau cet amas sanglant, baissai la main et fis un pas vers la caméra. C'est ce qui arrive à nos ennemis. C'est ce qui arrive à ceux qui osent toucher à ma femme. Les lois concernant nos partenaires sont plus importantes que les règles de la Coalition. Que les lois de la Légion. Aucune planète, aucun chef dans tout l'univers ne peut renier ce besoin de vengeance, personne ne touche à une femme. Vous avez entendu ce qu'ils ont fait, et le châtiment que je leur réserve.

— Envoie-ça sur Rogue 5 immédiatement. J'ai dit immédiatement. Je veux que ça passe matin midi et soir sur toutes les chaînes.

Je voulais que la vérité éclate au grand jour. Afin que les troubles cessent sur le champ. Que les traîtres soient anéantis.

Les combattants de la Coalition nous accueillirent dans le couloir. Leur chef, un immense guerrier Prillon à la peau mate et aux yeux couleur de miel, fit une sale tête devant un tel carnage.

— On devait les ramener vivants Styx.

—Ils ont agressé notre femme, répondis-je, je leur racontai ce qu'ils avaient manqué, vu la lenteur de leur progression.

Apparemment cette explication lui suffisait puisque le Prillon écarta les cadavres du milieu sans un regard et indiqua un pistolet laser vers la porte. Je me demandai s'il avait une femme et un second sur Prillon Prime.

— Finissons-en, dit-il. Le sens du devoir et de l'honneur

étaient deux bonnes raisons pour qu'il mène sa mission à terme.

Blade me regarda. Ce n'était pas une question, on passerait les premiers.

— Prêt ?

Je hochai la tête, il leva la main du garde mort et appuya sur le scanner de la porte, laissant une trace de sang.

La porte s'ouvrit, nous nous précipitâmes à l'intérieur, prêts à nous battre. Prêts à tuer.

Mais Mervan était déjà là. Tout l'équipage de Kronos était agenouillé, pieds et poings liés par des menottes métalliques si solides qu'une bête Atlan ne pouvait en venir à bout.

Le médecin se tenait devant le tueur à gages le plus haut gradé de Kronos, un homme que Blade et moi connaissions depuis des années.

— Que faites-vous là, Mervan ? Ces hommes sont à moi.

Le docteur Mervan tapota le dispositif de transport mobile collé sur sa poitrine.

— Vous êtes trop lents, Styx. Ils sont à moi.

— Vous vous foutez d'ma gueule ?

Je fis deux pas en avant, prêt à lui arracher la tête, mais les Prillons derrière moi me mirent en joue avec leurs armes. J'avais aucune chance. Ils avaient gagné.

— Laissez tomber, Styx, ordonna Mervan, sans me regarder.

Je savais qu'il avait raison, je savais que je devais le laisser faire son travail, traquer les traîtres restants, découvrir quels étaient leurs plans, s'ils disposaient d'autres avions cargos. D'autres contacts. D'autres informateurs déployés au sein de la Flotte de la Coalition.

Mais c'était le problème de Mervan. Pas le mien.

— Je vous laisse les autres, Mervan. Je désignai le chef Kronos. Il est à moi.

Le médecin secoua la tête.

— Je le veux vivant.

Je regardai les huit autres captifs capturés par Mervan. Aucun tueur à gages de Kronos, que des Hyperions que je connaissais.

— Vous avez suffisamment de prisonniers comme ça.

— Bon sang de bonsoir, Styx, il est à moi.

Mervan était un allié. C'était le seul contact influent que je possédais qui serait à même de tirer Harper des griffes de la Flotte de la Coalition. Elle leur appartenait. J'avais enfreint la loi, déclenché une guerre pour elle. Mon peuple allait mourir. Mieux valait se sacrifier et l'épargner. Pour Harper. Pour le peuple de Rogue 5. Pour ma légion.

— Dégagez-moi cette merde de devant moi.

Mervan adressa un signe de tête aux autres guerriers de la Coalition présents dans la pièce, ils fixèrent les patchs de transport mobiles sur leurs prisonniers. Nous les vîmes s'évanouirent un par un dans l'air ambiant. Ils iraient dans une prison de la Coalition. Auraient droit à un procès, seraient exécutés pour leur geste. Ils *allaient* mourir, mais pas de ma main. On nous refusait notre vengeance.

Je croisai et soutins le regard de Mervan.

— Promettez-moi qu'il va souffrir.

Mervan arbora un sourire cruel. Il était censé soigner les gens, comme Harper. Mais son cœur était aussi noir que le sien était pur. A cet instant précis, j'étais content. Il savait ce que j'exigeais, me cautionnait dans une certaine mesure.

— Vous avez ma parole, Styx.

Blade parut soulagé à côté de moi, il serrait les poings tandis que les prisonniers disparaissaient un à un, il ne restait plus que le tueur à gages.

Cet enculé me contempla, il regarda Blade, Silver et les autres derrière moi, il perdit de sa superbe en dénombrant la quantité de tueurs à gages venus l'achever. Il sourit à Blade, découvrant ses canines.

— Comment va votre jolie petite femme ? C'est une rapide. Je l'ai manquée trois fois, avant que cet enfoiré d'Atlan ne se mette à tirer.

Il pencha la tête de côté, comme s'il réfléchissait à une question philosophique posée à table lors du traditionnel repas chez grand-mère.

— Dites-moi un peu, vous l'avez mordue quand vous lui avez défoncé le cul ? Où est-ce que je vais devoir m'en charger ?

Blade réagit à la vitesse de l'éclair.

— Non ! hurlai-je, les murs tremblèrent.

Mervan n'eut pas le temps de protester, ses réflexes de Prillon étaient trop lents face à la colère de Blade.

Blade posa ses mains autour du cou du tueur à gages et serra. Violemment. Rapidement. Très violemment.

Il relâcha sa prise lorsque les os se mirent à craquer, à se briser. Il lui tordait le cou, la colère se lisait sur son visage et dans ses yeux. Son instinct colérique avait pris le dessus, il ne réfléchissait plus à rien.

Je m'aperçus qu'il souriait, la tête du tueur à gages était désormais séparée de son cou. Il avait provoqué Blade, il savait que sa rage protectrice lui épargnerait des semaines ou des mois de torture entre les mains de Mervan. Il savait qu'il allait mourir, il avait choisi sa propre mort. En affrontant Blade, il avait obtenu exactement ce qu'il voulait. Une mort subite.

Mervan se mit en colère mais je m'interposai rapidement entre Blade et l'espion Prillon. Je m'en serais chargé personnellement si Blade n'était pas intervenu.

— Vous avez les autres prisonniers, Mervan.

— C'était leur chef, hurla-t-il, en tendant son bras en

direction du Kronos sans tête.

Blade pouvait finir en prison pour ce qu'il venait de faire, il avait enfreint les ordres.

— Non, rétorquai-je. C'était un tueur à gages Kronos.

Le Prillon mit un moment pour se calmer tandis que Blade jetait la tête décapitée contre le mur en poussant un rugissement. La chair projetée contre le métal produisit un sale bruit mouillé bien dégueulasse. Le sang maculait le mur et coulait par terre. Une forte odeur douceâtre s'en dégageait.

Ce bruit me procura une intense satisfaction. Je souris tandis que Blade s'approchait de nous, couvert du sang du tueur à gages et du garde qu'il avait achevé à l'extérieur du couloir. Il avait obtenu sa vengeance. J'avais eu la mienne, par Blade interposé. Ça me suffisait.

— Par tous les dieux, laissez-nous sortir d'ici, Mervan lança le commandant Prillon qui nous avait suivis dans le couloir jusque dans cette pièce. On a posé les explosifs. Les prisonniers ont été évacués. Le matériel a été intégralement déchargé et transporté ailleurs.

— Putain de merde de saloperies d'Hyperions.

Mervan nous maudissait mais on n'allait pas perdre de temps à répondre. Il pouvait penser ce qu'il voulait, j'en avais rien à foutre.

Mervan regarda le cadavre sans tête en soupirant.

— Vous avez téléchargé les coordonnées du vaisseau pour des analyses ?

— Oui, monsieur.

— Parfait. Mervan s'adressait au Prillon, mais c'était moi qu'il regardait.

— Foutez le camp de ce vaisseau. Je ne veux plus vous voir ici.

Je lui adressai un léger signe de tête en guise d'approbation.

— C'est réciproque, Prillon.

On savait tous les deux que c'était impossible. Blade et moi étions son contact au marché noir, des pirates, les criminels de l'espace de la Coalition. Il avait besoin de nous, et on avait besoin de lui.

On ne pouvait franchement pas dire qu'on s'appréciait.

Mervan donna un coup sur le patch de transport placé sur sa poitrine et s'évanouit, le cadavre brûlerait dans l'incendie du vaisseau. Et on cramerait avec si on ne se téléportait pas. Comme venait de le faire Mervan. Notre sécurité lui importait peu.

Derrière moi, Cormac se racla la gorge.

— J'ai gagné, Silver. Aboule le fric.

— Enfoiré.

Elle avait envie de rire, elle grommela pendant qu'on suivait l'équipe de la Coalition sur la plateforme de transport.

— Putains d'extraterrestres. Il m'en reste même plus un seul.

Khon, qui était derrière elle, la regarda.

— Si tu veux passer du bon temps, Silver, ma bite est à ta disposition. Je bande déjà.

— Ta gueule, Khon.

Blade se retrouva à côté de moi, nous nous écartâmes de quelques pas.

— Je n'ai pas pu me retenir, Styx. Je ne pouvais pas lui laisser la vie sauve. Pas après tout ce qui s'est passé, et surtout pas après ce qu'il a dit.

Je posai ma main sur son épaule et le remerciai chaleureusement.

— Je pouvais pas le tuer. C'était trop risqué. Mais notre femme est à nous deux, je suis content que tu aies réclamé vengeance au nom d'Harper. C'est fait, que ce soit toi ou moi ne change rien.

Cet enculé était mort, peu importait lequel de nous deux l'avait décapité.

Nous échangeâmes un regard de connivence. Harper était à nous. La moindre de mes cellules réclamait la mort de ce salaud. Qu'il ait péri de la main de Blade ou de la mienne ne faisait aucune différence. Blade ayant agi de son propre chef, Mervan ne pouvait rien contre moi. Nos liens politiques étaient réduits à leur strict minimum. On offrirait nos services à la Flotte à l'avenir, mais on attendrait que Mervan ait d'abord décoléré. On avait eu ce qu'on voulait. La vengeance. Notre femme.

Le vaisseau allait exploser ; on n'avait plus le temps de discuter. Nous pénétrâmes dans la salle de transport, les autres nous attendaient sur la plateforme.

— Rentrons et finissons ce que nous avons commencé, lui dis-je.

Nous étions prêts à retrouver Harper. La mission était terminée. On avait désormais mieux à faire. Quelque chose d'infiniment plus agréable. J'avais mal aux couilles, mes crocs s'allongèrent au souvenir du goût de sa chatte toute serrée. Elle nous paraîtrait encore plus étroite quand on la pénétrerait tous les deux en même temps. Quand on la mordrait.

Blade sourit, tous crocs dehors. Il changea sa bite de place dans son froc tandis que le transport me donnait la chair de poule sur les bras.

Il était temps de réclamer notre dû.

Il était temps de mordre Harper, de l'épouser pour toujours.

13

Harper

Ils étaient là, tous les deux. Entiers.

Styx franchit la porte en premier, Blade entra immédiatement derrière lui. Styx croisa et soutint mon regard en avançant vers moi.

Il dégageait la même intensité la première fois, le jour où je l'avais rencontré sur Zenith, lorsqu'il s'était approché de moi au bar, comme si rien d'autre n'existait dans tout l'univers, moi excepté. J'avais trouvé ça énervant.

Et maintenant ? Maintenant, j'avais besoin de cette attention indéfectible. J'avais besoin de tout ce qu'il pouvait me donner. L'attention. L'amour. L'obsession.

Je me trompais peut-être, j'étais peut-être stupide, à moins qu'il ne s'agisse d'un truc auquel je n'avais pas envie de penser, ou quelque chose que je ne voulais même essayer d'analyser, mais pour la première fois de ma vie, j'avais l'impression *d'exister*. Je n'avais jamais été seule au cours de ma vie, j'étais constamment entourée de collègues avec lesquels je travaillais et qui luttaient eux aussi vaillamment. Il avait fallu que je rencontre Styx et Blade pour me rendre compte que je n'étais certes pas une solitaire—mais qu'au fond de moi, j'étais seule.

Je contournai le pupitre de commandes, bousculai Ivar au passage et me jetai dans les bras de Styx. Il était baraqué, tout en muscles. Torride. Puissant. Je le sentis lorsqu'il passa un bras dans mon dos et l'autre sous mes fesses. Je me collai à lui, telle une pièce d'un puzzle ayant enfin trouvé sa place. Je respirai son odeur. Je fermai les yeux et m'enveloppai avec sa chaleur apaisante après cette période troublée, ces heures d'agitation, d'inquiétude et de terreur durant lesquelles ils auraient pu être blessés, ne jamais revenir.

Je sentais sa respiration dans mon cou, ses lèvres qui m'effleuraient, sa langue qui me léchait, et même ses dents qui m'égratignaient. Je poussai un gémissement. Innocent, certes, mais qui ne laissait nulle place au doute. Il allait me mordre. Très bientôt. La promesse contenue dans cette caresse subtile me donnait les larmes aux yeux, mon cœur s'emballait. J'avais envie de lui. D'eux deux. Pour toujours.

— Ma femme, gronda-t-il.

— A moi, répondis-je.

Je reculai suffisamment pour le regarder droit dans les yeux, ainsi que Blade, posté derrière lui. Je tendis la main, il l'attrapa, je sentis sa force.

J'en avais besoin. Lorsqu'ils avaient quitté Rogue 5, c'est comme si j'avais perdu notre connexion, leur énergie. Mais bon sang j'étais accro, je ne voulais plus jamais vivre avec ce manque, sans eux, plus jamais. Chaque minute passée loin d'eux était une vraie torture. Je tournais en rond, j'avais la nausée. J'étais angoissée. Scribe et Ivar avaient fait de leur mieux pour me rassurer en me narrant leurs prouesses au combat. Ils m'avaient même affirmé que le désir qui coulait dans les veines de mes partenaires était nécessaire à leur vengeance et les protégerait.

Que leur côté impétueux les protégerait du danger. Je m'étais trompée. Heureusement.

— Vous êtes blessés ? demandai-je en les regardant sous toutes les coutures. Je ne voyais pas de sang, de vêtements sales ou déchirés. On n'aurait pas dit qu'ils avaient combattu. En tout cas, ça ne ressemblait pas aux combats auxquels j'étais habituée.

Styx gloussa.

— Harper, on sait que ta nature d'urgentiste prendra toujours le dessus. On ne serait pas venus jusqu'à toi blessés ou couverts de sang. Tu nous vois, tu te tracasses pour nous, on n'arrivera jamais à coucher avec toi si tu continues.

Il serra mes fesses dans sa main, son message était clair comme de l'eau de roche.

— On n'a plus de temps à perdre, on doit te posséder, Harper.

Je comprenais à demi-mot ce qu'il ne disait pas, ils allaient me mordre, mais je n'étais pas concentrée.

—Vous êtes en train de me dire que vous avez été blessés mais que vous êtes d'abord passés par le dispensaire pour vous faire soigner afin que je ne m'inquiète pas ?

Styx leva les yeux au ciel. Je ne l'avais jamais vu faire ça, je suppose que j'étais la seule à l'agacer à ce point. A moins qu'il m'ait piqué ce langage corporel typiquement humain. Voir un guerrier extraterrestre imiter cette expression me donnait envie de rire.

— Harper, gronda-t-il.

Blade me lâcha la main, passa derrière moi et me plaqua contre lui.

— On n'a pas été blessés, femme. On t'avait promis de revenir. Tu doutais de nous ?

Je me tournai et regardai Blade derrière moi, il en profita pour m'embrasser. Ses lèvres étaient chaudes, avides, une invitation. Il ne s'attendait pas vraiment à ce que je réponde.

— Tu es à moi, Harper, dit Styx. Je t'ai donné le choix. Tu aurais pu nous rejeter. Tu aurais pu retourner dans la Coalition. Tu as choisi la soumission. De ton plein gré. J'en ai assez d'attendre, femme. La morsure fera de toi ma femme à jamais. Je ne suis pas un humain. Il n'y aura pas de deuxième chance.

J'entendis ses paroles, Blade plaqua sa bouche sur la mienne, sa langue me fouillait, me découvrait à nouveau. Blade tourna la tête et soutint mon regard.

— Pour toujours, Harper.

Je hochai la tête. A ses baisers, aux paroles de Styx, à la promesse de Blade. A tout.

— De mon plein gré, répétai-je dans un souffle. J'en avais déjà envie avant que vous ne partiez avec le docteur Mervan.

Styx parlait d'une voix calme et paisible, qui n'admettait néanmoins aucune réplique.

— On savait que tu étais sincère, on te désirait avec la rage du désespoir, tu ne peux même pas imaginer à quel point. J'avais tellement envie de te posséder que j'en avais mal aux couilles. Mais on devait obligatoirement en découdre avec les traîtres Kronos. Ils se sont mis en travers de notre chemin, ils auraient pu anéantir tout Rogue 5.

Il parlait d'une voix autoritaire, propre à Styx qui était le chef. Le désir se lisait dans ses yeux, je savais, dans mon for intérieur, que je désirais Styx, et bien que je l'aime tel qu'il était, je ne pouvais me résoudre à admettre son besoin de tout régenter. Il était comme ça au fond de lui. Si je devais épouser Styx en tant que chef, je devais admettre que Rogue

5 serait sa maîtresse. Les noms encrés dans sa chair représentaient un poids qu'il porterait à jamais, je devais prendre ma part du fardeau.

Ça me convenait. Je l'aiderais à être le chef qu'il rêvait d'être et lui, en retour, me permettrait d'écouter mon cœur, ma vraie nature. D'aider les autres. Il ne pouvait pas me le refuser, Blade resterait à mes côtés pour me protéger pendant que je soignerais ceux qui en auraient besoin. Comme lors de la réception de mariage, lorsqu'il m'avait regardé faire pendant que je soignais ce Kronos qui avait failli tous nous tuer. Ça expliquait peut-être le fait qu'on s'entende si bien. On se complétait, pas seulement sur le plan sexuel. Blade pouvait me protéger, Styx pouvait se montrer autoritaire et dominateur—sexuellement parlant. Je serais là pour les soigner, pour alléger les lourds fardeaux imposés par leur rôle à la tête de la légion. Une dynamique de groupe.

Nous formions une équipe.

— Ils représentaient un réel danger pour toi. Ces racailles de Kronos, ajouta Blade.

Ses longs cheveux clairs lui descendaient dans le dos, ils n'étaient pas attachés comme à l'accoutumée. Ils n'avaient pas l'air de revenir du combat. Ils étaient propres, leurs uniformes vraiment nickel. De deux choses l'une, soit ils avaient eu le dessus, soit ils étaient vraiment rentrés se changer avant de venir me voir. Il était normal que je me pose la question, ils avaient peut-être été blessés mais ne voulaient pas me le dire. J'étais peut-être allée trop loin avec mon côté *protecteur*. Je découvrirais la vérité, plus tard. Je connaissais mes priorités.

— Et maintenant ? demandai-je, saisissant au vol le « représentaient » de Blade. Ce serait indécent qu'ils se tiennent devant moi, Styx avec le regard brillant de désir et leurs bites en érection, si le problème n'était pas résolu.

Si je n'étais pas en sécurité.

Si l'heure n'était pas venue pour eux de me mordre, de me posséder, de me marquer.

Qu'ils soient entiers et tout propres était peut-être positif. Plus rien ne s'opposait—comme Styx venait de le rappeler—à nos retrouvailles. On ne perdrait pas de temps sous la douche. Je commençais à avoir hyper chaud. Leurs corps tout chauds se pressaient contre moi. Et leurs baisers. Mon dieu, ça allait être un vrai feu d'artifice une fois au lit. Mes tétons durcirent contre la poitrine de Styx, ma chatte palpitait, mon slip était trempé. Nous étions pourtant encore tout habillés.

Ivar se racla la gorge, me rappelant ainsi sa présence, ainsi que celle de Scribe.

Putain de merde. Collée contre mes époux, j'avais *complètement* oublié leur présence.

Styx leur adressa un léger signe de tête en guise de remerciement. Je ne les regardai pas. Je ne voulais déceler aucune moquerie, aucun agacement, pas la moindre émotion dans les yeux de ces hommes. J'étais déjà assez mortifiée comme ça.

Je les vis, du coin de l'œil, saluer avec déférence et sortir de la pièce. Leur mission était terminée. J'étais en sécurité, je n'avais plus besoin de leur protection.

— Nous continuerons de te protéger et te dominer, répondit Blade en ondulant des hanches, sa bite se frottait délicieusement entre mes fesses, me préparait à ce qu'il n'allait pas tarder à faire. J'étais un peu gênée par ce qu'Ivar et Scribe avaient entendu, mais ce n'était apparemment pas le cas de Blade. Pas du tout même. Je devais laisser couler, Blade et Styx avait expressément affirmé qu'ils ne me partageraient avec personne, j'allais devoir m'habituer à leurs démonstrations d'affection en public. Qui comprenaient forcément regards enflammés, baisers et caresses torrides.

Je ne voyais pas pourquoi je le leur refuserais. Les parois de mon vagin se contractèrent, je m'agitai dans les bras de Styx.

— Je vous appartiens, mes époux. Je vous en supplie. Prenez-moi. Mordez-moi. Faites de moi ce que vous voulez. Tout ce que vous voulez.

C'était bien plus qu'une promesse, c'était une reddition. Complète. Totale. Je me donnais à eux corps et âme.

Styx grogna, pivota et m'emporta hors de la pièce. Il ne me posa au sol qu'une fois seuls dans ses quartiers, devant son grand lit.

— A poil, femme. J'ai hâte de voir ta peau douce.

L'ordre de Styx me donna le frisson. Ils m'avaient montré leur vrai visage dans le couloir de la cafétéria sur Zenith, mais on était dans un lieu avec du passage. Lors de la réception de mariage, ils m'avaient fait jouir en me branlant avec une précision implacable, une audace rare, mais ils s'étaient retenus parce qu'on était dans un couloir, dans un lieu semi-public. Ils s'étaient retenus lorsqu'ils m'avaient tringlée la première fois, tout en sachant que j'étais leur partenaire, car leur vraie nature d'Hyperions aurait dû les pousser à me mordre. Ils avaient refoulé leur instinct primaire parce que je n'étais pas prête.

Je ne les avais pas suppliés.

Ils s'étaient montrés sauvages et audacieux, calculateurs et si dominateurs qu'ils avaient réussi à me faire jouir sur commande, mais je ne connaissais pas encore vraiment Styx ou Blade.

Ce serait bientôt le cas. Il le faudrait bien. Non, ce serait pour tout de suite, son « à poil » en disait long.

Je frissonnais de la tête aux pieds, je frémissais d'excitation à l'idée de ce qui m'attendait.

Je n'aurais jamais imaginé éprouver du désir pour un

homme tel que Styx, qui donnait des ordres faits pour être exécutés, n'admettait jamais qu'ils puissent être remis en question. C'était la première fois que j'étais aussi excitée. Avec eux. Des orgasmes ? J'en avais déjà eus, mais jamais comme ça. Ce voyage galactique m'avait peut-être ouvert les yeux, j'adorais baiser.

Avec deux mecs en même temps. De la domination. Et tout ce qui allait avec.

J'avais une folle d'envie d'eux.

Je ne me rebellai pas lorsqu'ils se plantèrent devant moi, avec leurs regards ardents et leurs bites raides plaquées contre moi, à travers leurs pantalons noirs.

Je me déshabillai. A poil. Mes doigts couraient sur mes vêtements à une vitesse vertigineuse.

Oui, mes doigts tremblaient, mais pas de peur. D'envie. Mon impatience était réciproque. Attendre leur retour avait été horrible. Mais maintenant ... j'avais tout oublié, sauf eux. Pour ça. Dieu du ciel, j'allais jouir rien qu'en me déshabillant. Ils transpiraient les phéromones à plein nez.

Deux grands farouches extraterrestres boudeurs et déjantés se tenaient devant moi, me reluquaient de la tête aux pieds. Ils me désiraient avec une force dont j'ignorais jusqu'alors l'existence.

Je fis passer ma chemise noire par-dessus ma tête. Je baissai la tête, mes tétons pointaient dans mon joli soutien-gorge. Ils s'en étaient aperçus, Blade serra les poings et Styx gronda. Il astiquait sa bite sous son pantalon, comme si elle lui faisait mal.

Galvanisée, je retirai mes bottes et mes vêtements. Ces deux grands mecs autoritaires et baraqués en étaient réduits à se branler et serrer les poings, c'était moi, au final, qui menais la danse. Autour de leurs couilles remplies à bloc.

Mon manque de confiance en moi refit surface lorsque je

les vis en train de contempler ma nudité, immobiles comme des statues. J'étais sûre qu'ils notaient mes moindres imperfections, en dépit de la chambre faiblement éclairée, la cellulite sur mes hanches risquait de les faire décamper. Mes seins, dont j'étais fière, étaient bien hauts et fermes. Et puis mes—

— Tu es magnifique, murmura Blade, en léchant ses dents.

— Tu sais pourquoi on reste plantés là sans te toucher ? demanda Styx.

Je me posai les mains sur les hanches pour me cacher, ne serait-ce qu'un peu. Peut-être parce que...

Styx agita sa main en l'air.

— Je sais ce que tu vas dire et je vais t'interrompre direct. Si jamais tu mentionnes la moindre de tes imperfections, tu finiras sur mes genoux, avec une bonne fessée.

Il ne plaisantait pas. Je rougis, ils me connaissaient vraiment à la perfection.

— On reste là pour retrouver notre calme, pour ne pas te mordre sur le champ. Pour pas te tringler, te posséder et te mordre avec nos canines acérées en deux temps trois mouvements.

Tant de franchise me laissait bouche bée. Je les savais très attirés. Voire, passionnés.

Ils se regardèrent une seconde et me contemplèrent.

En souriant.

— Oh.

Ils avaient des crocs. Comme les vampires. Leurs longues canines pointaient dangereusement. Je me figeai, telle une biche aveuglée par la lumière des phares. Une proie. J'étais une proie.

Je voulais qu'ils m'attrapent.

Les crocs de Styx luisaient, je les fixai, essayant de comprendre ce dont il s'agissait.

— C'est du sérum, dit-il, comme s'il lisait dans mes pensées. Tu m'appartiendras dès que je t'aurais mordue.

— Moi aussi, ajouta Blade, en léchant de nouveau ses dents.

— Excitation, désir, envie. Des émotions mêlées, pour un incroyable tourbillon de plaisir, tu n'as jamais rien connu de tel. Et encore, je ne parle que du premier orgasme. Tu seras en manque, tu vas nous supplier.

Je mouillais, Styx inspira profondément, ses yeux vert clair s'assombrirent. Il sentit l'odeur de mon désir et grogna. S'ils avaient baissé les yeux, ils auraient vu que ma chatte était trempée.

— Je pourrais passer ma vie entre tes cuisses. Je pourrais te lécher pendant des heures, poursuivit-il.

J'ondulais des hanches rien qu'à cette pensée. Ils étaient doués à l'oral et n'avaient pas lésiné sur les préliminaires à chaque fois qu'ils m'avaient sautée. Ils prenaient leur temps, ils s'attardaient, attendaient que je jouisse à plusieurs reprises. Et c'était seulement ensuite qu'ils me baisaient, prétextant qu'ils avaient besoin que je sois bien dilatée, bien humide, pour accueillir leurs grosses bites. Une telle quantité d'orgasmes penchait en ma faveur. Je n'en avais jamais assez.

— Tu veux sentir ma bouche sur toi ? demanda Blade en dégrafant son pantalon et en sortant sa bite.

— Tu la veux ?

Je le fixai, il agrippait la base de sa verge, une veine saillait le long de son membre. Son gland était dilaté, un fluide rougeâtre perlait de son extrémité. Je salivais, j'avais envie de le goûter.

Je ne pouvais qu'acquiescer.

— J'te la mets où, femme ? Blade me lorgnait en ricanant.

J'ouvris la bouche pour parler mais que répondre ? Que dire ? Les mots me manquaient. Des images me revenaient à l'esprit. Des images, des souvenirs et des sensations. Des mains. Des bouches. Ma chatte toute chaude, humide et dilatée, que l'orgasme faisait palpiter. L'odeur de leur peau. La chaleur de leurs mains. Etre prise dans ce tourbillon.

— Partout. Vos mains. Vos bouches. Vos bites. J'allais leur sauter dessus s'ils ne se bougeaient pas. Immédiatement.

Le regard de Styx se voila de plaisir face à mon désir, ma détermination.

— Tourne-toi. Doucement, poursuivit Styx, comme s'il lisait dans mes pensées, Pas partout. Juste ta chatte et ton cul pendant qu'on te mordra.

— Ok, rétorquai-je.

Ils ne s'approchaient pas mais Styx commença à se déshabiller. Une fois totalement nu, ce fut à mon tour de me figer. Il était vraiment splendide. Grand et baraqué, musclé, sans un poil de gras. Ses tatouages étaient une réminiscence de son statut, de son honneur. Voir mon nom tatoué sur sa peau m'excitait, je lui appartenais. Et les piercings … mieux valait ne pas y songer, sous peine de jouir.

Les mains sur les hanches, je décidai de faire mieux encore. Je fermai les yeux, penchai la tête en arrière et fis glisser ma main de façon sensuelle, je me touchais comme j'aurais aimé qu'ils me touchent. Je pris mon sein en main et pinçai mon téton jusqu'à ce qu'il durcisse. Je glissai ma main libre entre les replis humide de mon sexe.

Je guettais leur réaction les yeux mi-clos, j'avais gagné, Blade fourra sa main tremblante dans ses cheveux, tout en regardant Styx d'un air interrogateur. Il lui demandait la permission ? Styx respirait difficilement.

— Branle-toi avec tes doigts, femme. Enfonce-les bien profond.

J'obéis à ses ordres, m'assurant de pousser de petits gémissements tout en branlant mon clitoris.

Styx posa soudainement ses mains autour de ma taille et me déposa sur le lit en arc de cercle afin que je me retrouve face à lui. Je me mis à genoux, je me rendais compte qu'il aimait me mettre là où il voulait. J'adorais le fait qu'il ne me traite pas comme un vase précieux. Je n'étais pas fragile, ces deux-là feraient mieux de ne pas se retenir trop longtemps. J'avais envie que ce soit brutal. Sauvage. Endiablé. Cru. Je voulais leurs bites, leurs crocs. Tout.

Blade n'avait pas fini de se déshabiller, Styx posa un genou sur le lit et m'attira contre lui en m'embrassant. Ses lèvres étaient pulpeuses et expertes en la matière mais je ne cédai pas.

Je reculai, curieuse. Je portai mes doigts à sa bouche, effleurai ses crocs.

— Ça va faire mal ? demandai-je.

Je m'en fichais mais je voulais savoir. Un mélange de douleur et de plaisir ne me gênait pas mais je ne voulais pas être prise par surprise. Je respirais péniblement, bien que nous n'ayons encore rien fait. Styx sourit, ses crocs avaient disparu.

— Je t'ai déjà dit que le plaisir prendrait le dessus sur la douleur.

— Vous n'avez jamais mordu personne avant moi ? Je ne pouvais m'empêcher de le toucher, de toucher ses muscles bandés, les noms tatoués sur sa peau, les piercings.

— On vous a déjà mordus ? Un sentiment de jalousie m'envahit, j'avais envie de griffer et de crever les yeux des femmes de Rogue 5 qui oseraient regarder mes hommes. Qu'ils aient pu avoir des sentiments aussi intimes pour la chair d'une autre femme me faisait perdre la tête. Un sentiment de folie pure ne tarda pas à m'envahir, c'était plus fort que moi. On avait vécu des moments forts, j'étais plus que prête à leur appartenir. Pour toujours, afin de pouvoir fièrement exhiber au vu et au su de tous les cicatrices que je porterais toute ma vie durant.

Ils secouèrent la tête et contemplèrent mon cou.

— Une morsure d'accouplement est éternelle, femme. Sacrée. Nous ne mordons qu'une seule femme dans notre vie.

— Vous mordez des vierges ? demandai-je en les regardant avec perplexité, réprimant un rire face à mon trait d'humour à deux balles.

Ma bonne humeur détendit l'atmosphère. Deux immenses guerriers extraterrestres allaient me démonter, me mordre et m'injecter une sorte de sérum d'accouplement purement animal.

Je regardai Blade, qui émit un drôle de halètement. Il sourit, j'aperçus ses dents acérées.

— On t'attendait, tu as traversé toute la galaxie pour venir jusqu'à nous. Penses-y. C'était limite impossible. Nous sommes tes époux, femme. Tu es la seule—et l'unique.

Il s'approcha.

— Tu as évoqué des vierges, t'as aimé ça, quand je t'ai sodomisée avec ma grosse bite ?

Il s'empara de la bite en question et se branla. Oui, ils étaient effectivement *très* doués.

Je me contractai, je me souvenais de la sensation lorsqu'il était en moi, de sa patience et sa détermination tandis qu'il me sodomisait. Il s'était enfoncé profondément, il m'avait excitée à tel point que je m'étais presque évanouie.

— Oui, murmurai-je en m'approchant de lui. Blade s'approcha plus près, j'effleurai son gros gland tout humide du bout des doigts.

— Je vais te poser la question une dernière fois, Harper.

Acceptes-tu de nous épouser, sachant que nous allons te posséder par tous les orifices, que tu porteras la marque de nos morsures sur ta peau, au vu et au su de tout un chacun ? Tout le monde saura que nous sommes mariés. Qu'on te protège ?

Il se laissa faire, je l'empoignai de mon mieux et branlai son sexe en érection à pleine main. Il poussa un gémissement mais poursuivit.

— Si jamais quelqu'un touche à un seul de tes cheveux, Harper. Je le tuerai. Putain, je le tuerai.

Blade en fit le serment tout en posant ses mains sur ma taille, les yeux fermés. Il n'y aurait pas de retour arrière possible. Il me laissait une dernière chance de dire non. De m'en aller—bien que je ne crois pas que j'irais bien loin. Ils me courtiseraient à la mode Rogue 5, tant que je ne serais pas bien disposée à leur égard. Ils continueraient jusqu'à ce que je cède à leurs avances, ce qui ne devrait pas prendre bien longtemps.

J'examinai Blade, avec ses cheveux clairs et ses traits virils—mais fis l'impasse sur ses dents. Puis, ce fut au tour de Styx, un brun pas commode, autoritaire et pourtant sacrément patient. Leurs corps étaient sublimes. Grands, baraqués, musclés. Leurs tatouages prouvaient qu'ils veillaient sur leur peuple, protégeaient et aidaient tous ces individus encrés sur leur peau. Moi, y compris. Impossible de ne pas voir mon prénom sur leurs torses. Sans compter leurs piercings et les petites barres qui transperçaient leurs tétons. Je m'étais amusée à les toucher, à les lécher, je faisais désormais de même avec Styx. Ils ne m'avaient pas mordue mais répété inlassablement que j'étais à eux. Que j'étais leur femme. Ils arboraient fièrement cette preuve physique aux yeux de tous.

J'étais déjà leur épouse, même sans leurs morsures. J'étais

déjà à eux. Ils voulaient simplement que je les accepte en tant que partenaires.

Ils étaient si courageux, si forts ; j'avais du mal à me rappeler qu'ils éprouvaient des sentiments, que j'étais probablement la seule personne capable de leur faire de la peine. La seule personne capable de les blesser vraiment profondément.

Mais ce n'est pas ce que je voulais. Non. Je voulais leurs bites, ces bites en érection, bien droites, qui pointaient vers leurs nombrils et palpitaient. Tout en eux, de leur côté mâle alpha hyper protecteur à leurs corps magnifiques, m'appartenait.

Ils étaient prêts à bondir, à me sauter dessus, à me posséder. Je n'avais qu'un seul mot à dire pour qu'ils se lâchent. Et assouvissent leurs désirs les plus sauvages, leur besoin viscéral de m'épouser. De me posséder en même temps, une pénétration vaginale et anale. J'avais hâte qu'ils se penchent sur mon cou et plongent leurs crocs dans ma chair. Et ce sérum, j'avais trop hâte.

J'inspirai profondément et expirai. C'était le moment, ma vie changerait à tout jamais. Je n'avais pourtant pas le moindre doute. Les moindres regrets.

— Mordez-moi. Prenez-moi. J'ai envie de vous. De vous deux.

Leur patience était à bout. Leurs muscles s'étaient détendus—ils craignaient que je refuse ?—tout s'enchaîna rapidement. Très rapidement même, ils pivotèrent et me retournèrent afin que Styx puisse s'asseoir au bord du lit, j'étais sur ses genoux, sa bite plaquée contre nos ventres.

— Vous n'allez pas … hum, m'attacher ? demandai-je, je pensais à la façon dont ils allaient procéder pour me prendre en même temps.

J'avais vu quelques pornos, mais jamais de double

pénétration. Cela demandait une certaine adresse. De bien viser. En profondeur. Il ne fallait pas se gêner. J'étais souple mais je n'étais pas une gymnaste. Je n'avais pas la moindre idée de la façon dont ils allaient procéder. Ils devaient en rêver et vu la teneur de leur conversation, ils savaient très bien ce qu'ils faisaient. Je m'abandonnai totalement lorsque Styx posa ses mains sur mes seins et tira sur mes tétons. Je ne pensais plus à rien, je *ressentais*, point final. C'était hyper bon.

Je vis Blade s'agenouiller par terre derrière moi, la lumière se reflétait dans ses cheveux argentés. J'avais envie de fourrer mes doigts dedans, mais ils avaient apparemment d'autres plans en tête.

— Prends-moi dans ta chatte étroite, dit Styx en tournant mon visage vers lui. Il ondula des hanches et glissa sa bite entre nous. Il chuchota :

— On va bien s'occuper de toi.

Je le savais, mais j'adorais l'entendre. Ils allaient me pénétrer à deux mais avaient un plan. Ce serait certainement l'apothéose. Ils avaient eu tout le temps d'y réfléchir.

Styx posa sa main sur ma hanche, m'aida à m'agenouiller et plaça sa queue devant ma vulve. Il me pénétra d'un coup d'un seul, j'étais tout humide. Je me baissais, ma vulve se dilatait doucement sur son gros gland, son membre épais se frayait un passage de plus en plus profondément. Je regardais Styx, je vis son désir. Je savais qu'il adorait être en moi. Je ne m'arrêtai pas, je m'assis de nouveau sur ses cuisses et m'empalai carrément cette fois-ci.

Je gémissais ; Styx grondait. C'était trop bon, j'ondulais des hanches.

— Il faut que je bouge.

Je n'arrivais pas à rester en place. J'avais besoin de me frotter, de sentir son membre durci glisser en moi et atteindre la plus infime de mes terminaisons nerveuses. Mon point g—dont j'ignorais l'existence avant leurs bites—me poussait peu à peu vers l'orgasme, à chaque coup de queue.

Je posai mes mains sur les épaules de Styx, me soulevai et me rabaissai tandis qu'il me donnait des coups de bassin. Je le chevauchais, je savourais la sensation jusqu'à ce que Blade pointe son doigt sur mon anus.

Il l'avait enduit de lubrifiant et glissa facilement. J'ignorais d'où sortait le lubrifiant, mais là n'était pas la question. Le temps n'était pas à la réflexion. Je ralentis mon mouvement de hanches afin de faciliter la pénétration de Blade —il m'avait préparée avec assiduité, je savais comment faire pour me détendre et respirer convenablement lors de la pénétration. J'adorais ça. J'en mourrais d'envie. Oui, ça brûlait. La pression, cette sensation étrange d'être béante était … différente. Mais mon corps s'en fichait. Non. Il aimait ça. Il adorait ça. Ses caresses étaient un vrai feu d'artifice. Il m'avait déjà sodomisée, sa bite m'avait dilatée comme pas deux, mais il était seul. Je n'avais rien dans ma chatte. Un seul homme me tringlait.

J'avais envie d'autre chose. J'en mourrais d'envie.

Blade était très bien membré, il m'avait incroyablement dilaté l'anus, Styx m'avait possédée en profondeur, pénétrée comme jamais je n'aurais imaginé être pénétrée.

J'avais l'impression que l'accouplement se déroulerait de la façon suivante, Blade me sodomiserait, Styx s'occuperait de ma chatte.

Styx leva la main et enfouit son poing dans mes cheveux. Il inclina ma tête et s'empara de ma bouche, sa langue effectuait des mouvements de va-et-vient tandis que Blade me branlait avec son doigt, la bite de Styx m'écartelait. Je ne pouvais plus parler, je ne tenais plus le décompte des sensations pendant que Styx glissait son autre main au creux de mes reins et plaça mon corps en demi-cercle afin que mon clitoris frotte contre son corps au moindre mouvement et ondulation de mes hanches.

Plus Blade me dilatait pour préparer le passage de sa bite pendant que Styx me tringlait doucement et en profondeur, plus mon orgasme allait crescendo, tandis qu'il me guidait vers l'objectif qu'il s'était fixé.

Je leur laissais toute latitude, ils faisaient de moi ce qu'ils voulaient, me pénétraient. Me baisaient.

Le premier orgasme arriva doucement, monta en moi tel un volcan, la pression allant crescendo, je partis en tilt.

Styx me maintenait, son bras bloquait mon dos d'une poigne de fer tout en baissant mes hanches, mes jambes étaient largement écartées, afin qu'il puisse s'enfoncer plus profondément. Blade branlait mon cul avec ses doigts, sa main libre glissa entre ma poitrine et celle de Styx, il saisit mon téton, pinça, tira, des secousses électriques ébranlèrent mon vagin tandis que mon sexe et mes orteils se contractaient. Je poussai un cri méconnaissable. Blade enfonça un doigt puis un autre, jusqu'à ce que je sois suffisamment dilatée à son goût et pour permettre le passage de sa bite. Il se retira.

Je gémis, je me sentais vide avec seulement Styx en moi. Blade gloussa et déposa un baiser sur mon épaule en sueur.

— Une minute, femme. Je ne vais pas tarder à te pénétrer.

Il tint parole, il enduisit sa verge de lubrifiant puis, je sentis son gland plaqué contre mon anus tout prêt. Styx me tenait par les hanches, immobile, entièrement enfoui en moi, son gland se pressait tout au fond de mon utérus, là où il planterait sa graine. Il me remplirait avec sa semence à *lui*. Il allait tout me donner. Son sperme m'appartenait. Son sexe m'appartenait. Son corps m'appartenait.

— A moi. Tu es à moi. Vous êtes tous les deux à moi. Je murmurai ce serment, ma promesse. Je leur disais à mon tour ce que j'attendais exactement d'eux. J'étais excitée, mon cœur battait à tout rompre. Je leur offrais mon corps, j'étais excitée. En manque.

Blade posa une main sur son épaule et me poussa afin que je m'appuie contre le torse de Styx. Les barres dures de ses piercings frottaient contre mes tétons sensibles.

La sueur perlait sur le front de Styx, je léchai sa mâchoire, goûtai sa peau salée. Je gémis lorsque Blade se pressa plus avant, mon corps abandonna la résistance naturelle qui le tenait à l'écart, je l'accueillis enfin.

Il s'immobilisa, enfonça juste son gland en moi. Il se pencha et m'embrassa sur l'épaule.

— J'adore ton cul étroit, femme, murmura-t-il en s'enfonçant légèrement.

— Oh mon dieu, murmurai-je. Je me sentais pleine et Blade ne m'avait pas encore pénétrée à fond. Dire que se faire baiser par deux mecs en même temps était intense serait un euphémisme.

Ma présence entre eux rendait l'acte encore plus puissant, je m'abandonnai. Leur domination était toute puissante. Je ne pouvais rien faire, hormis me soumettre. J'aurais très bien pu leur demander d'arrêter sur le champ, mais ma soumission se basait justement sur cette domination. J'obéissais. Je voulais les sentir en moi.

Ensemble.

Mon corps brûlait. Vibrait. Me faisait mal. Se dilatait. Palpitait. Tout en même temps. Je leur appartenais.

Blade s'enfonça un peu plus avant, se retira, il me baisait doucement, en faisant attention, pendant que Styx restait immobile.

— Je vais jouir, dis-je en embrassant Styx dans le cou.

Je me contorsionnai, j'essayai de frotter mon clitoris contre lui.

J'en pouvais plus. Je ne pouvais plus me retenir vu tout ce qu'ils étaient en train de me faire. J'avais déjà joui une fois, on aurait dit que ce plaisir préliminaire m'avait rendue encore plus sensible, j'étais de nouveau sur le point de jouir. A moins que ce ne soit eux qui me fassent cet effet.

— Pas encore, souffla Styx. Laisse Blade se frayer un passage. C'est bien. Encore. Oui, il te pénètre de plus en plus profondément, je le sens. Je te sens te contracter sur nos bites. Retiens ton orgasme.

— Pourquoi ? pleurnichai-je, il était quasiment impossible de résister. Je frissonnais de désir, j'avais besoin de jouir mais les paroles de Styx m'en empêchaient. Je voulais leur faire plaisir.

— Parce qu'on veut jouir en même temps que toi. On va te mordre pendant qu'on éjaculera, le plaisir que nous allons te procurer ne ressemblera à rien de ce que tu as déjà éprouvé.

Je m'agrippais aux biceps de Styx pendant que Blade me pénétrait.

— On y est presque.

Styx s'allongea sur le lit et m'attira contre lui. Je sentis Blade s'agenouiller à ses pieds et plaquer sa main sur le lit à côté de ma tête. Je sentais son torse se presser contre mon dos tandis qu'il me pilonnait profondément une dernière fois. Il était enfoncé jusqu'à la garde, ils étaient tous les deux si profondément enfoncés en moi que je ne savais plus où finissait mon corps et où commençait le leur.

Ils se retirèrent tous les deux, se renfoncèrent, j'étais pleine comme un œuf, ils me pilonnaient lentement et très, très profondément.

J'appuyai mon front contre la poitrine de Styx et me mis à trembler. Je gémis. Ce n'était pas moi. J'étais devenue une autre. J'étais perdue. Je me jetais à corps perdu dans la luxure. Le désir. Le plaisir.

— C'est le moment, femme, gronda Styx en se penchant, ses abdos se contractèrent tandis qu'il m'embrassait dans le cou.

Blade posa sa tête contre mon autre épaule, la mordilla et s'installa à l'endroit où il comptait me mordre. Il embrassa cette zone en se retirant et en me pénétrant de nouveau.

— Oui, je vous en supplie ! J'ai besoin de …

Je n'eus pas le temps de terminer ma phrase.

Ils me mordirent, leurs bouches se posèrent de part et d'autre à la base de mon cou. Je sentis leurs lèvres s'entrouvrirent, leurs canines pointues qui transperçaient ma chair.

Le plaisir fut si intense, si fulgurant que je mis à hurler. La douleur disparut instantanément, se mua en plaisir. Le plaisir fut si intense que je ne me contractai même pas. Je ne criais pas. Je ne respirais plus. J'étais piégée. Harper avait disparu. Nous fusionnions. Nous étions connectés. J'étais à eux. Ils étaient mon refuge. Leurs corps étaient mon havre de paix dans cet océan de sensations si fortes, que j'en oubliais qui j'étais.

Je ne savais plus comment reprendre le contrôle de mon corps. Mes tétons me faisaient mal, palpitaient. Je mouillais, mon excitation indiquait à Styx qu'il était le bienvenu, que j'avais envie qu'il me pénètre le plus profondément possible.

Je sentais leur sperme en moi, leurs corps étaient tendus. Ils gémissaient, leurs canines étaient toujours fermement plantées dans mon cou. Leurs sexes palpitaient de plaisir, ils me pompaient.

Je n'étais rien. J'étais tout. Je sentis le sérum couler dans mes veines, dans mes os. Ils avaient raison ; j'allais devenir une vraie chaudasse, si c'est ce qu'ils attendaient de moi.

Je repris ma respiration comme si je remontais du fin fond de l'océan, et poussai un énorme cri et un hurlement de plaisir.

— Oui ! hurlai-je. Je ne pouvais pas m'arrêter. J'étais clouée entre eux, empalée sur leurs bites, harponnée par leurs crocs, j'étais piégée. Je leur appartenais. Je surfais sur la vague du plaisir, je n'aurais voulu être nulle part ailleurs. L'orgasme me submergeait, envahissait mes muscles et mes cellules d'un indicible plaisir. C'était terrifiant et délicieux à la fois, dangereux, j'étais accro, je ne pourrais plus jamais m'en passer.

Mon corps s'arcbouta et se contorsionna tandis que l'orgasme me soulevait telle une lame de fond me rejetant sur la grève. Il avait pris le dessus. J'étais comme sonnée.

Une fois terminé, ils relèvent leurs têtes, léchèrent les marques de morsures avec leurs langues pleines de sang. Je pensais qu'ils allaient s'arrêter. Qu'ils avaient terminé.

Je me trompais. Ils bandaient encore. Le rythme de leur pilonnage avait simplement ralenti en jouissant, leur morsure me bouleversait.

— C'était bon ? demanda Styx d'une voix rauque.

Je levai la tête et le regardai. Il était quelque peu perplexe, et sourit.

— Extraordinaire.

Il arborait un grand sourire. Il était fou de joie.

Blade posa une main sur moi et glissa l'autre sur mes fesses.

— Nous voici mariés, Harper. Maintenant, baisons.

Il se mit de nouveau à onduler en moi, doucement, son sperme facilitait le passage encore plus efficacement que le lubrifiant.

— Vous n'avez pas besoin de prendre un peu de repos ?

Styx me regardait d'un air coquin.

— T'as l'impression qu'on a débandé ?

— Euh, non.

Blade ondulait des hanches tout en m'embrassant dans le cou.

— Tiens-toi prête, femme. Tu dois t'évanouir de plaisir pour qu'on puisse s'arrêter, c'est le seul moyen.

Je restais bouche bée, je croyais que Styx allait contredire Blade. Mais ce ne fut pas le cas.

— Encore, confirma Styx. Et encore.

Ils me baisèrent non-stop. La journée durant. Comme jamais je n'aurais imaginé. Je jouis encore et encore, c'était meilleur à chaque fois. J'étais insatiable. J'étais excitée. Ils disaient vrai. C'était parfait. Ils *étaient* parfaits. Je leur appartenais, et ils me le prouvaient.

Jusqu'à ce que, comme Blade l'avait dit, ils cessent de me faire l'amour l'espace de quelques secondes et je m'évanouis alors d'épuisement.

Je m'endormis paisiblement. Au chaud. Épuisée. Protégée. Heureuse. Aimée. Ils étaient à moi désormais. A moi.

Pour toujours.

ÉPILOGUE

*S*tyx, *Deux Semaines Plus Tard*

— Suis-moi. Silver nous précéda avec Blade et Harper dans le couloir menant de mes appartements à une grande salle de réception. Harper marchait entre nous, Blade et moi l'encadrions de part et d'autre.

On lui donnait la main.

C'était tout à fait normal, notre femme était saine et sauve, protégée. Entre nous. Au lit, elle apaisait nos instincts sauvages avec douceur, avec le sourire et en se soumettant.

Ça n'avait rien à voir avec de l'abandon pur et simple. De la soumission. Elle se donnait à nous en beauté et portait nos marques toutes fraîches. Je bandais rien qu'en les voyant.

On était comme fous au retour de notre expédition chez les traîtres Kronos. Notre désir était animal, on était enfin sûrs qu'elle serait en sûreté et bien à nous.

Notre férocité ne l'avait pas rebutée. Ça avait plutôt été le contraire. Plus on était sauvages, plus elle mouillait, plus elle avait envie de baiser. Bien à fond. De plus … en plus.

Je m'en étais donné à cœur joie.

Tout le monde sur Rogue 5 avait vu le tournage réalisé sur le vaisseau-cargo Kronos. Silver, en femme avisée, avait conservé l'enregistrement des faits ayant eu lieu au poste de commandement. Elle avait publié le contenu dans lequel on me voyait trancher la gorge du soldat Kronos et lancer mon avertissement, puis, on apercevait Blade en train d'arracher la tête du tueur à gages tandis que je le regardais faire avec une froideur glaciale.

Ça avait produit l'effet désiré sur la base lunaire.

Styx était plus puissant que jamais. La légion Kronos était calme, elle pansait ses blessures et surveillait ses arrières.

Les chefs des autres légions comptaient sur moi, ils surveillaient et continueraient de le faire à l'avenir.

Les guerriers Prillons, les Atlans et le docteur Mervan n'apparaissaient pas sur la vidéo de Silver. Elle était rusée. Elle savait que la Légion Styx devait être perçue comme une légion brutale. Impitoyable.

Et Harper ?

Nous ne lui avions pas montré la vidéo. Elle savait qu'elle avait épousé des brutes mais je tenais à la protéger de la violence inhérente à mon statut de chef. Je refusais qu'elle soit témoin d'une telle cruauté. La tâche était difficile mais tout le monde savait qu'on devait la protéger. Elle le savait peut-être mais ne fit rien pour aller à l'encontre de notre volonté. Elle évita soigneusement de regarder la vidéo.

Nous étions mariés, elle était comblée. Le sérum avait décuplé son désir, même si ce n'était pas franchement nécessaire. Elle avait été consentante à la minute-même où je l'avais rencontrée dans cette cafétéria sur Zenith. Notre peuple l'adorait. C'était devenue une célébrité après son acte désintéressé durant la réception de mariage, elle avait sauvé la vie des hommes de main et des capitaines des autres légions, sans relâche, elle avait aidé Styx.

Tout le monde adorait ma femme. Tout le monde voulait l'approcher. La toucher. La saluer. Voulait qu'elle embrasse les enfants. Voulait un sourire.

Je forçais le respect, elle récoltait leur affection. A ma connaissance, personne ne *m'appréciait* sur la base lunaire.

Ça me rendait fou. Je savais que j'exerçais un pouvoir politique, un moyen de pression sur les autres légions, j'influençais leurs peuples. Je le savais, mais je détestais devoir la partager.

Nous étions des enfoirés protecteurs et possessifs.

Blade était pire encore. Il la suivait comme une ombre, toujours sur le qui-vive en cas d'agression.

Cette protection très rapprochée était la seule chose qui me tranquillisait lorsqu'elle n'était pas sous mon nez. Lorsqu'elle n'était pas avec moi, je la savais avec lui.

Par tous les dieux. Qui aurait cru que tomber amoureux créerait de tels bouleversements ?

Silver marchait tranquillement dans son nouvel uniforme. Elle arborait une tresse très élaborée, c'était la première fois que je la voyais coiffée ainsi.

— Qu'est-ce qui se passe sœurette ? demanda Blade, intrigué mais content. Il souriait plus fréquemment depuis que nous étions avec Harper. Moi aussi d'ailleurs.

— C'est une surprise. Tais-toi et laisse-toi faire.

Me laisser faire ? Ce n'était pas dans mes habitudes. Je devais savoir ce qui se passait. Me préparer. Planifier. Diriger.

— J'aime pas les surprises, Silver.

Je n'étais ni content ni curieux, agacé plutôt. Elle nous avait interrompus alors qu'on était au lit. Harper était allongée sur ma poitrine, peau contre peau. Ma bite profondément enfouie en elle, mon sperme dégoulinant, j'éjaculais toujours trop par rapport à l'étroitesse de son vagin. J'adorais la tenir contre moi ainsi. Mais Silver avait frappé, me faisant perdre un temps précieux avec ma femme.

Silver poursuivit dans le couloir, elle riait et ouvrit la porte menant à la plus grande salle susceptible de contenir une large assemblée sur le territoire Styx.

Nous la suivîmes, Harper ouvrit les yeux grands comme des soucoupes. J'avais la gorge sèche et nouée. Si nouée que j'aurais visiblement du mal à m'exprimer. Je serrai la main d'Harper.

— Par tous les dieux. Le ton admiratif de Blade en disait long.

Toute la légion était présente. Trois milles hommes. Des enfants jouaient, criaient et riaient comme lors du festival annuel de remise des cadeaux. Ils ne pouvaient pas comprendre l'importance de cet instant, ils comprendraient un jour.

La foule s'écarta sur notre passage, formant une allée menant à une estrade sur laquelle se tenaient Scribe, Khon, Cormac et Ivar.

— Silver ?

C'était une question, elle rigola et m'ignora.

Mais il se passait quoi, ici, au juste ? Je ne ressentais aucun danger, seulement une grande émotion.

Nous suivîmes Silver jusque sur l'estrade, tout le monde … s'arrêta. Même les bébés semblaient retenir leur souffle. Le silence était si pesant que Scribe n'eut pas besoin d'élever la voix pour se faire entendre.

— Bienvenue, Légion Styx.

Des applaudissements s'élevèrent et perdurèrent jusqu'à ce que Scribe lève la main et réclame le silence.

— Nous sommes rassemblés ici en l'honneur de notre nouvelle Dame et de ses époux. Notre sang. Notre cœur. Notre force.

Des applaudissements. Assourdissants. La pièce crépitait presque, Harper respirait par saccades, elle me serrait la main si fort qu'elle me coupait presque la circulation sanguine. Elle était urgentiste mais détestait attirer l'attention.

Blade se pencha derrière elle et me regarda.

— Putain, tu sais ce qui se passe ?

Je secouai la tête et passai en revue la foule qui exultait. Voir mon peuple si heureux était rare.

— J'en n'ai pas la moindre idée.

— Taisez-vous tous les deux.

Harper esquissa un timide sourire, elle avait les larmes aux yeux. Elle avait compris. Foutue intuition féminine.

La gêne de Blade se mua en protection maximale en la voyant pleurer.

— Qu'est-ce qu'il y a ? Tu es blessée ? Pourquoi tu pleures ? dit-il d'une voix forte, il l'attira contre lui pour voir ce qui se passait.

Elle rit et le repoussa. Nous étions tous les deux soulagés.

— Qu'est-ce que vous pouvez être lourdingues, parfois tous les deux.

— Lourdingues ? Qu'est-ce que ça veut dire ? demandai-je.

Les neuro-processeurs ne parvenaient pas toujours à traduire son jargon terrien. Scribe s'écarta et montra d'une main nos hommes de main, qui s'étaient placés devant. Ils avancèrent et arrachèrent leurs chemises. Les hommes étaient torses nus, Silver arborait une étroite bande de tissu qui maintenait d'ordinaire sa poitrine lors des combats.

La Légion Styx poussa un rugissement approbateur, mon

corps était comme engourdi. C'était la première fois qu'on me prenait par surprise, je ne savais pas comment réagir.

C'était impossible. Aucun étranger n'avait jamais—non.

Silver s'avança la première et s'agenouilla, épaule nue, devant Scribe.

— Elle s'appelle Harper, Scribe. Et elle m'appartient.

L'atmosphère devint pesante tandis que Scribe se penchait et tatouait le prénom d'Harper dans la chair de Silver. Le vrombissement de l'aiguille était le seul et unique bruit emplissant la pièce.

Cormac, Ivar et Khon firent de même, Harper vacilla entre nous. Nous nous rapprochâmes, nous distillions notre chaleur et notre force, notre amour, au fur et à mesure que le temps s'écoulait.

Mes hommes de main cédèrent la place à mes capitaines.

Bientôt suivis par les chefs civils de chaque secteur.

Mes hommes de main restèrent debout et attentifs en signe de respect jusqu'à ce que le dernier tatouage soit exécuté. Nous nous tournâmes face à la légion lorsque le dernier tatouage fut terminé. Ils étaient tous agenouillés, les hommes et les femmes écartaient tous leur col de chemise et exhibaient leur nouvelle marque. Tous arboraient le prénom d'Harper, signe de dévouement et réelle déclaration de la part de toute la Légion Styx. C'était notre femme, mais elle appartenait également à notre peuple.

Harper lâcha nos mains et se dirigea vers Scribe en essuyant ses larmes.

Elle retira sa chemise et s'agenouilla à ses pieds.

Je me déplaçai afin de l'en empêcher, de la cacher aux yeux de tous. Elle portait un soutien-gorge noir tout simple mais était trop dévêtue à mon goût. Seuls Blade et moi avions le droit de voir son corps. Je lui pris la chemise des mains et la couvris avec, même si ça ne servit pas à grand-chose.

Elle se fichait de mes tentatives.

— Ils m'appartiennent tous.

Une clameur s'éleva, en comparaison, le rugissement qui s'était élevé de l'assemblée tout à l'heure s'apparentait aux gémissements d'un nourrisson.

Blade bondit lorsque Scribe leva l'aiguille en direction de sa peau, il l'arrêta en lui tordant le poignet.

— Non !

Il se tourna vers moi, paniqué en songeant à la douleur qu'Harper allait endurer. Harper leva ses yeux verts, son amour et son dévouement m'émouvaient, je m'agenouillai devant elle.

— T'es sérieuse ? demandai-je. Ma voix était calme, personne ne pouvait m'entendre.

Elle acquiesça.

— Sûre et certaine.

Je regardai les marques de part et d'autre de son cou. Elle cicatrisait bien, le rose contrastait encore un peu sur sa peau claire. Personne ne douterait de sa loyauté grâce à ces marques. Une double morsure. Ça ne lui suffisait pas. Elle voulait autre chose. Elle voulait être comme nous. Je posai ma main sur son dos, tins sa chemise contre sa peau nue, par pudeur.

Elle n'était peut-être pas pudique, je l'étais pour elle.

Blade se pencha sur nous, bloquant la vue à la légion. Il hocha la tête.

Je regardai Harper, qui attendait. Elle était disposée à accepter ma réponse, elle savait certainement que je lui dirais oui. Elle savait que c'était important pour mon peuple. Pour elle. Et à mon grand étonnement, pour moi également.

— Un seul prénom suffira, Scribe, dis-je

Il ébaucha un sourire tout en penchant légèrement la tête.

— Accordé.

Je fis en sorte que ma femme soit le plus couverte possible, Blade nous regardait d'un air protecteur, le prénom « Styx » fut tatoué dans la chair de ma femme. Blade posa sa main sur son épaule nue pour l'empêcher de bouger, l'aiguille s'enfonçait inlassablement dans sa peau.

Je regardai attentivement son visage, y guettant le moindre signe de gêne. J'avais la moitié du corps tatoué ; je connaissais la sensation, mais j'arrêterais tout si c'était plus qu'Harper ne pouvait supporter. Ses joues s'empourprèrent, elle respirait calmement entre ses lèvres entrouvertes, elle restait parfaitement immobile. Stoïque.

Un enfant s'échappa des bras de sa mère et monta sur l'estrade. C'était un bébé, elle ne savait pas encore marcher mais parvint jusqu'à ma femme et se blottit contre elle.

L'assemblée retint son souffle, attendant de voir ce que ma femme allait faire.

Je le savais.

Harper sourit au bébé et déposa un baiser sur sa petite joue toute douce, l'assemblée exulta.

Harper tenait l'enfant dans ses bras pendant qu'on lui tatouait le nom de notre légion juste au-dessus du cœur.

Elle regarda la foule, Blade, le bébé dans ses bras et moi-même.

— Je veux la même, dit-elle. Et vous allez me la donner.

Je faillis faire une crise cardiaque.

— T'es autoritaire toi, dis-donc ?

— C'est maintenant que vous vous en apercevez ?

J'arborais un grand sourire. Ma bite palpitait douloureusement dans le pantalon de mon uniforme juste en pensant au fait d'éjaculer en elle, notre sperme donnerait la vie, Harper porterait notre enfant. Une petite fille, qui aurait ses beaux cheveux et ses yeux verts. Ou un garçon, turbulent mais généreux et affectueux. Un mélange d'Harper et de ses époux.

— Oui.

— Oui, vous y avez déjà songé ?

— Au bébé, oui.

Je regardai Blade.

— T'es peut-être enceinte, lui lança-t-il.

Elle secoua tristement la tête.

— Non, les combattantes et les volontaires de la Coalition utilisent des moyens de contraception. Je dois attendre la fin de mes deux années de service.

Sa joue caressa la tête douce du bébé, et le rendit à sa mère. Scribe se leva, son travail était terminé, je la fis pivoter en l'attrapant par les épaules afin de contempler mon prénom sur sa poitrine.

Je poussai un grognement à sa vue.

Blade s'accroupit.

— On ira au dispensaire et on annulera le dispositif une fois qu'on aura terminé.

Au diable la contraception. On ne voulait surtout pas la vexer, surtout à ce sujet. C'était risible. Deux chefs sans scrupule agenouillés devant une Terrienne.

— Rappelle-toi de la quantité de fois où on a baisé juste pour le fun, ajoutai-je.

Elle fit un grand sourire mais porta la main à sa peau rougie. Je savais qu'elle ne voulait pas de baguette ReGen sur sa peau échauffée, on s'arrêterait au dispensaire dès qu'on aurait quitté légion. Surtout si on voulait qu'elle tombe enceinte.

— Je t'aime, tu sais. Je vous aime tous les deux.

Je l'attirai dans mes bras et l'embrassai. Sauvagement. Passionnément. Je la tenais devant toute ma légion tandis qu'elle bougeait pour poser ses bras autour de mon cou.

Elle poussa un gémissement et se plaqua contre moi, je la laissai reprendre son souffle. La légion hurla, applaudit et siffla en guise d'approbation tandis que Blade s'approchait.

— Je t'aime, Harper.

Blade répéta mes propres paroles, nous nous retournâmes vers notre peuple.

Ils l'avaient tous vue se faire tatouer mon prénom, le nom de la légion. C'était suffisant. Ils n'avaient pas besoin de nous reluquer. Moi, oui. Blade, aussi. Par tous les dieux, on l'avait baisée au point de voir nos marques, on l'avait embrassée tout en la baisant, elle était à nous, les cicatrices sur son cou n'étaient que l'un des nombreux témoignages de notre amour.

Silver s'inclina profondément devant notre femme et parla au nom de tous. —Bienvenue chez vous.

Tous répétèrent ses paroles. Il n'y avait rien d'autre à faire. Ils avaient fait preuve d'allégeance et Harper avait fait de même. Il était désormais temps pour nous de partir en paix, pour une fois. Notre femme voulait un bébé, il était de notre devoir d'accéder à sa demande. Sur le champ. Je me levai, pris Harper et la juchai sur mon épaule. La foule s'écarta sur Blade et moi tandis que j'emportais notre femme, surprise, hors de la pièce—sous un tonnerre d'applaudissements—en direction du dispensaire.

Les médecins nous regardèrent. Surpris. Inquiets.

— Ma femme veut un bébé.

Je posai ma main sur son épaule. Blade avança et fit de même.

— Faites-en sorte qu'elle soit fertile, on s'occupe du reste.

Elle me cria dessus, rougit et me regarda.

— On fait son autoritaire ?

Je souris.

— Avec toi ? Absolument. Allez-y, docteur, ordonnai-je.

Une interne revint avec une baguette que je n'avais encore jamais vue.

— Oui, docteur, ajouta Blade. On doit coucher avec notre femme. On doit faire un bébé.

— Y'a un problème, dit la doctoresse.

Elle regarda Harper d'un air interrogateur.

Je pris ma femme dans mes bras et la serrai étroitement contre moi.

— Un problème ? Elle est malade ? Guérissez-la. Soignez-la.

La doctoresse se mit à rire. À cet instant précis, j'eus envie de lui arracher la tête. Elle ne comprenait pas que je paniquais ?

— Styx, dit-elle, en essayant de calmer mon angoisse.

Du coin de l'œil, je vis Blade se figer.

— Styx, répéta-t-elle.

Elle attendit patiemment que mon cerveau se concentre à nouveau sur elle, au lieu de passer son temps à répertorier toutes les blessures possibles.

— Je ne peux pas la rendre fertile.

Mon cœur faillit s'arrêter, elle ne se rendait pas compte à quel point ses paroles m'étaient pénibles. J'ignorais que je voulais un enfant jusqu'à ce jour. Et voilà que ce rêve s'évanouissait. Par tous les dieux, Harper serait inconsolable. Elle serait—

— Je ne peux pas la rendre fertile parce que c'est déjà le cas. Elle est enceinte.

Harper poussa un cri et posa ses mains sur son ventre plat.

— Quoi ?

Nous nous exclamâmes tous les trois en même temps.

La doctoresse sourit et regarda sa baguette.

— Ce n'est que le début mais ce capteur est extrêmement précis. Vous êtes enceinte, femme du chef Styx. Félicitations.

— Mais, mais … Harper se détendit. On m'a donné un contraceptif sur Terre avant d'être transportée ici. Ça devait durer deux ans.

La doctoresse haussa les épaules.

— Je peux procéder à d'autres tests, mais y'a pas de quoi s'alarmer au vu du résultat. Vous êtes en bonne santé. Revenez me voir d'ici quelques semaines, ou si vous vous inquiétez.

Je paniquais. Mon cœur battait plus vite encore que sur le champ de bataille. Ma femme allait bien. Elle n'était pas malade, mais j'avais peur.

— Je l'ai portée sur mon épaule.

— Je l'ai pénétrée sauvagement tout à l'heure, ajouta Blade.

La doctoresse éclata de rire.

— Je ne vous conseille pas de la porter trop souvent sur votre épaule mais vous n'avez fait aucun mal au bébé. Vous pouvez faire l'amour à loisir, il n'y a aucune précaution à prendre, tout est permis.

Je regardai Blade, masqué par la tête d'Harper. Un grand sourire éclaira son visage.

— On va être pères.

— Oui, répondis-je.

Je relevai le visage d'Harper et l'embrassai tendrement.

— Oh non alors, vous n'allez pas me traiter comme si j'étais en sucre ? La doctoresse vient de dire qu'il n'y avait aucune précaution à prendre.

Blade redressa Harper et l'emmena hors du dispensaire, en la remerciant au passage.

Je le suivais, veillant à ce qu'il ne la lâche pas. Je me

comportais peut-être comme un idiot, mais notre femme était enceinte. Elle portait notre enfant. Je me sentais viril. Mon sexe palpitait, mes couilles pleines de sperme me faisaient mal.

— Plus vite, Blade. On a une femme à baiser.

Harper me regarda derrière l'épaule de Blade.

— Le bébé est déjà là.

— Oui, mais on s'est montrés très assidus jusqu'à présent. Continuer sera certainement prometteur.

J'étais ridicule, j'étais si content que je perdais la tête.

Je m'inquiétais non seulement pour Harper, mais aussi pour le bébé. J'étais foutu. Un sexe féminin avait réussi à faire fléchir le chef de la base lunaire.

Je souris lorsque que nous pénétrâmes dans nos quartiers, Blade la déposa doucement sur lit.

Je m'en fichais, tant qu'il s'agissait du sexe d'Harper.

— Déshabille-toi, ordonnai-je.

Je vis le regard d'Harper s'obscurcir de désir tandis qu'elle baissait son pantalon, on apercevait déjà sa chatte.

Oui, nous étions envoûtés, et nous comptions bien profiter de chaque moment, jusqu'à la fin de nos jours.

––––––––

Lisez Possédée par les Vikens ensuite!

Calder, Zed et Axon, ex-guerriers de la Coalition, n'ont rien en commun, hormis le fait d'avoir combattu la Ruche des années durant et le fait de vouloir enfin prétendre à leur récompense —une Épouse Interstellaire. Des nouvelles fraîches viennent d'arriver sur Viken, leurs épouses seront bientôt là, deux surprises fort désagréables les attendent à leur arrivée au terminal de transport.Primo, une seule et même femme leur a été attribuée, et personne n'est disposé à partager. Secondo, leur épouse a refusé de venir. Elle ne compte pas quitter la Terre, et encore moins s'installer sur Viken. Ils n'auront même pas la possibilité d'essayer de la séduire.

Ces guerriers ne vont pas se laisser abattre. L'un d'eux compte se rendre sur Terre pour enlever sa femme, les autres ne vont pas le laisser effectuer le voyage seul. Ils vont séduire leur femme. L'épouser. Ils vont la dompter tour à tour. Jusqu'à ce qu'elle leur appartienne. Que le meilleur gagne …

Lisez Possédée par les Vikens ensuite!

OUVRAGES DE GRACE GOODWIN

Programme des Épouses Interstellaires

Domptée par Ses Partenaires

Son Partenaire Particulier

Possédée par ses partenaires

Accouplée aux guerriers

Prise par ses partenaires

Accouplée à la bête

Accouplée aux Vikens

Apprivoisée par la Bête

L'Enfant Secret de son Partenaire

La Fièvre d'Accouplement

Ses partenaires Viken

Combattre pour leur partenaire

Ses Partenaires de Rogue

Possédée par les Vikens

**Programme des Épouses Interstellaires:
La Colonie**

Soumise aux Cyborgs

Accouplée aux Cyborgs

Séduction Cyborg

Sa Bête Cyborg

Fièvre Cyborg

Cyborg Rebelle

ALSO BY GRACE GOODWIN

Cyborg Seduction

Her Cyborg Beast

Cyborg Fever

Rogue Cyborg

Cyborg's Secret Baby

Her Cyborg Warriors

Interstellar Brides® Program: The Virgins

The Alien's Mate

His Virgin Mate

Claiming His Virgin

His Virgin Bride

His Virgin Princess

Interstellar Brides® Program: Ascension Saga

Ascension Saga, book 1

Ascension Saga, book 2

Ascension Saga, book 3

Trinity: Ascension Saga - Volume 1

Ascension Saga, book 4

Ascension Saga, book 5

Ascension Saga, book 6

Faith: Ascension Saga - Volume 2

Ascension Saga, book 7

Ascension Saga, book 8

Ascension Saga, book 9

Destiny: Ascension Saga - Volume 3

Other Books

Their Conquered Bride

Wild Wolf Claiming: A Howl's Romance

CONTACTER GRACE GOODWIN

Vous pouvez contacter Grace Goodwin via son site internet, sa page Facebook, son compte Twitter, et son profil Goodreads via les liens suivants :

Abonnez-vous à ma liste de lecteurs VIP français ici :
bit.ly/GraceGoodwinFrance

Web :
https://gracegoodwin.com

Facebook :
https://www.visagebook.com/profile.php?
id=100011365683986

Twitter :
https://twitter.com/luvgracegoodwin

Goodreads :
https://www.goodreads.com/author/show/
15037285.Grace_Goodwin

Vous souhaitez rejoindre mon Équipe de Science-Fiction pas si secrète que ça ? Des extraits, des premières de couverture et un aperçu du contenu en avant-première. Rejoignez le groupe Facebook et partagez des photos et des infos sympas (en anglais). INSCRIVEZ-VOUS ici :

http://bit.ly/SciFiSquad

À PROPOS DE GRACE

Grace Goodwin est journaliste à USA Today, mais c'est aussi une auteure de science-fiction et de romance paranormale reconnue mondialement, avec plus d'un MILLION de livres vendus. Les livres de Grace sont disponibles dans le monde entier dans de nombreuses langues en ebook, en livre relié ou encore sur les applications de lecture. Ce sont deux meilleures amies, l'une qui utilise la partie gauche de son cerveau et l'autre qui utilise la partie droite, qui constituent le duo d'écriture récompensé qu'est Grace Goodwin. Toutes les deux mamans, elles adorent faire des escape games, lire énormément, et défendre vaillamment leurs boissons chaudes préférées. (Apparemment, elles se disputent tous les jours pour savoir ce qui est le meilleur : le thé ou le café?) Grace adore recevoir des commentaires de ses lecteurs.